せなか町から、ずっと

junaida［画］
斉藤 倫

福音館

もくじ

せなか町から、ずっと

やあ、こんにちは。

あんたは、どうやら、そこにいるようじゃな。

いまが、こんにちは、なのかどうか。わしは年老《としお》いてすっかり目も見えない。空がくもっていると、昼か夜かも、はっきりはわからない。水があたたかいので、まだ、こんばんは、じゃないだろう。

こんにちは。

まさか、おはよう、ということは、ないじゃろうな。

おはよう、と、こんばんは、も、えらくにている。

朝日と、夕日というのは、見た目ではわからんくらい、そっくりだろう。まるで、空色と、水色のようにな。

そのくべつが、どうじゃ、あんたにわかるかな。

空は、どこまでもつづいてるだろう。海も、はるか彼方《かなた》へ広がっておる。そのふたつのぶつかるところに、いっぽんの線が見えたら、そいつが水平線。その水平線の、うえが空色。したが水色というわけじゃ。

そして、その空色と水色のあいだに、何年も、何百年もただよっている。それが、このわしさ。


ゆったりゆらめいているから、いち枚《まい》のだだっぴろいじゅうたんに見えるかもしれん。だが、それにしては、すばらしいつやだろう。

こまかな脈《みゃく》がとおっているから、おそろしくおおきな木の葉に見えるかもしれん。だが、こんな葉をつけられる大木は、ジャングルの奥地《おくち》にもないだろうな。

聞いたところでは、わしは、マンタというおおきな、えい、ににているらしい。だが、それよりもとほうもなくおおきい。くじらとかいう小魚は、わしに出くわすと、おじぎをして道をあけたものじゃ。

わしは、まだ、もっともっとちいさかったときから、すでにこの海の王だった。ノコギリザメだろうが、シャチだろうが、ひとくちでのみこめないものはおらん。だが、どうしても手のとどかないものがあった。空を飛《と》ぶちっぽけな鳥たちじゃ。ウミネコや、ユリカモメや、ワタリドリたちが、ときどき、わしのせなかにとまって休むとき、そのささやき声を聞いて、わしにはけっして見ることのできないせかいがあることを知った。

それはくやしかったもんじゃよ。あんまりくやしくて、いつかすきがあったら、この鳥たちを食ってやろうとおもっていた。

ある日のことじゃ。やけにしずかな夜で、星ぼしのかわす声までも聞こえそうだった。昼にわしのはねあげた水しぶきが、暗い空の天幕《てんまく》にとどいて、そのまましみになったような、満天《まんてん》の星空だった。

高い夜空をゆっくりよこぎって、すこしずつまうえに近づいてくる、おおきく、なんともふしぎな鳥を、わしは目にした。

見たこともない、かなしいような、うつくしさだとおもった。

青白く、つめたく、それでいて燃《も》えるように、その鳥はかがやいていた。そのとき、わしのなかで、なにかが、ばくはつした。

この鳥を、わしのものにしたい。

なんとしても、手に入れたい。

そのしゅんかん、わしのひらたいからだは、おびれ、せびれをなみうたせ、おおきくそりかえった。そして、海原《うなばら》のすべてに、この身をたたきつけるかのようにして、はばたいた。

そう。そのとき、わしは、たしかに空を飛《と》んだのだった。

つめたい空気を切って、ひれは、びゅうと、鳴った。舞《ま》いあがり、上空の風にのり、そのままぐんぐん天をめざした。

そして、星座《せいざ》のように白くかがやきながら、雲ひとつない夜空をすべっていくその鳥に、とどこうとした、まさにそのとき。

わしは、見えない重い力につかまり、天空にはりつけになるように、ぴたりと、とまってしまった。

したから見たやつがいたなら、まるで、きょだいなひものに見えたかもしらんな。そのあとは、どんなに、羽ばたいても、身をよじっても、どうしたってだめじゃった。天にとどまったのはほんのいっしゅんのことで、落ちはじめたらあっという間よ。はやさはどんどんましていき、どうすることもできず、もとの海にたたきつけられた。みじめなもんさ。

あとで聞いたところでは、わしが落ちたときには、ほとんど月にとどきそうな水の柱が立ったらしい。近くの海にいた魚どもは空高くはねあげられ、風に舞《ま》いあがり、つぎの朝まで、海に、陸《りく》に、雨のようにふりつづけた。死んだ魚どもで海はうめつくされ、しろがね色の腹《はら》が月のひかりでぎらぎら光って、そのまぶしさに、月が海に落ちたのではないかとうわさされたということじゃ。

天から落っこちはじめる、そのときに、わしは恋《こ》い焦《こ》がれた鳥めを、はっきりこの目で見た。そして、その鳥のつめたい目にうつった、みにくいわしのすがたも。

すぐ、そこじゃった。目と鼻のさきじゃった。もし、もういちど羽ばたけば、つかまえられたのかもしれん。

だが、わしは、そのうつくしい鳥の目のなかに、とうていつりあわぬじぶんの、みにくく、ひらべったいつらを見たとき、力のぜんぶをなくした。えいに、もしこころがあるんなら、そのこころは、こなごなにくだけてしまった。

それは、ほうき星というものだ、というやつもいたようだ。流れ星に焦《こ》がれた、ばかなえいだ、とな。だが、あれは、星なんかじゃなかったよ。

わしは、はげしいいたみとくるしみで、なにもわからなくなった。眠《ねむ》りつづけ、ただよいつづけ、気づけば何百年という時がたっていたんじゃ。

はじめに聞こえたのは、波の音か、風の音かとおもうくらいの、たくさんの、ちっぽけな、くすぐったいような、ささやき。

たえ間なくつづく、なにものかの声を、せなかに聞いて、わしは、長い眠《ねむ》りからゆっくりと引きもどされた。

どうやら、気をうしない、ただよっているあいだ、わしのせなかを島とかんちがいした、にんげんやら、どうぶつやらが住みついたらしい。りっぱな町までできていたのには、まあ、おどろいた。

それが、このせなか町のはじまりというわけじゃな。
せなかってものは、いがいに見えないもんさ。こんなに近くにあるのに、いちばんよくわからんとこじゃないかね。からだのはんぶんは、せなかだっていうのにだ。いらいらすることもある。とはいえ、

ここは　ゆかいな
せなか町

せなか　かいかい
でかい　かい？

せなか　かいかい
せかい　かい？

だれかがつくりおったこんなこっけいなうたが、ときどき、じぶんのせなかから聞こえてくる。まあ、わるくないもんさ。

だれがよんだか、せなか島の、せなか町。わしには見えん、わしのせなかで起こった物語を、時間がゆるすかぎり、あんたに聞いてもらおうかの。

ひねくれカーテン

ここは、だれがよんだか、せなか島。どうして、そんな名まえなのか、だれひとりとして知りません。

ひとくちにせなか島といっても、とてもひろく、畑もあれば、牧場《ぼくじょう》もあり、川も、山も、森だってあります。

ひとがたくさん住んで、にぎわっているあたりは、そのなかでも、せなか町、とよばれていました。そこをまっすぐ東西にとおっている大通りが、せびれ通り。さかな屋、ケーキ屋、仕立て屋などの商店街《しょうてんがい》に、市場、町役場、消防署《しょうぼうしょ》もあって、そのりょうがわには、みんなのおうちが広がっていました。

せなか町には、ふたつの小学校があります。北せなか小学校と、南せなか小学校。せびれ通りの北がわに住んでいる子は、北小学校に、南がわの子は、南小学校に通う決まりでした。

朝だというのにもう日ざしはまぶしく、街路樹《がいろじゅ》のかげもちいさくなって、夏はかなわないな、と、プラッケはおもいました。妹のマイナも歩くのがいやそうで、引いている手が、ときどき、ぴんとのびてしまいます。

「マイナ、さっさと歩かないとおくれるぞ」

と、プラッケがいうと、

「おにいちゃん、日が当たると、どうしてあたまがかゆくなるのかな。マイナ、おさげのわけめがかゆくなっちゃった」

などと、へんなことをいってこまらせます。

「おう、プラッケ」

といって、うしろから体当たりしてきたのは、同じクラスのニーダです。学級委員長をしている、プラッケの友だちです。

「とろとろしてたら、ちこくしちゃうぜ」

「ニーダ、いいとこにきた。いこうぜ。マイナ、おいてくからな」

「だめ」

マイナは、プラッケの手にしがみつきます。「おかあさんに、マイナをちゃんとつれてくのよっていわれたでしょ」

「しらないよ。おまえがちゃんと歩かないのが悪いんだろ」

プラッケは、ぶんと手をふって、ふりほどいてしまいます。

マイナは、スカートのおしりを、地面にすとんとついて、わー、と、泣《な》きだしました。

「あ、ばか、プラッケ」

ニーダは、あわてます。

「こうなったら、もう、うごかないぞ」

「いいんだよ。ほんとにおいてこうぜ」

プラッケは、さっさとせなかを向けて歩きだしました。

ニーダは、ためいきをつき、マイナのまえにしゃがみこみます。おどろいて、泣《な》くのをやめたマイナに、にっこりわらって、こういいました。

「マイナ、こんな歌、知ってるか。いま町じゅうではやってるんだぜ」

マメルダさんの　カーテンは
かぜがふいたら　石のよう
かぜがないときゃ　羽のよう
ひねくれ　ひねくり　ひねくりり
ひねくれ　ひねくり　ひねくりり

マイナは、きょとんとし、そして、笑《わら》いだしました。

「へんなうた」

「おもしろいだろう。この歌ができたのには、もっとおもしろいわけがあるのさ。教えてあげるから、さあ、立ってごらん」

ニーダは、マイナの手を引いて歩きだします。

そして、ゆうべ友だちに聞いたばかりの、ふしぎな話をはじめました。


せなか町のまんなかを通る、せびれ通りの、南がわ。そこから森にかけて、お皿のように平らな土地が広がり、古くからのおやしきがたくさん建《た》っています。

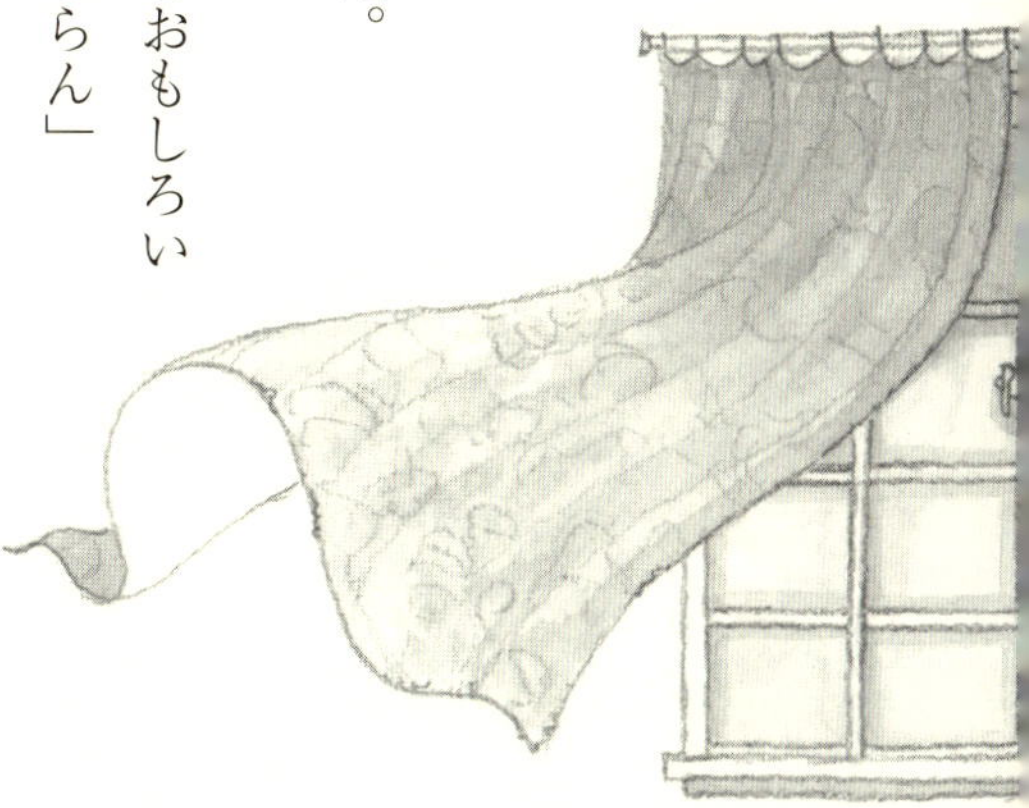

そのなかでもひときわ古いおうちがありました。建《た》ったころはりっぱだったのですが、いまではすっかりくたびれて、すきま風が吹《ふ》きこみます。庭はなんとか手入れされているものの、つるのまきついた塀《へい》は、ところどころ重さでかたむいています。その庭に面した窓《まど》に、ひとつだけ、ごうかな厚手《あつで》のカーテンがかかっているのが見えました。

ひとりぐらしのマメルダばあさんの、そのカーテンは、ちょっとかわっていました。いまは、茶色く日やけし、すりきれていますが、昔は、金や銀や赤の糸で、あざやかなもようのおりこまれた、芸術品《げいじゅつひん》のようなカーテンだったのです。

「まるで大劇場《だいげきじょう》のどんちょうのようですなあ。幕《まく》があがると芝居《しばい》のはじまりさながらに、ばらやサイネリアのさきほこる、うつくしい庭があらわれる」

と、お客さま方は、まだ若《わか》かったマメルダばあさんとそのご亭主《ていしゅ》をかこんで、口々にほめそやしたものでした。

でも、かわっているというのは、そのことではありません。

そのカーテンは、どんな風が吹《ふ》いても、ぴくりともしないのです。それなのに、風のないときには、ひらひらとはためきました。

窓《まど》のすきまから、ひゅうひゅうと木枯《こが》らしが吹《ふ》きこんでも、ごうごうと春一番が吹《ふ》きよせても、そのカーテンは、色あせたじぶんのしわをぴんとのばし、門の扉《とびら》かなにかのように、しゃきっと立っています。あるとき、せなか町の南の草原から、まだつめたさの残《のこ》る春の風が吹《ふ》いてきて、そんなカーテンに、たずねました。

「なあ、マメルダばあさんのカーテンよ。おまえさんは、どうしてそんなにひねくれちまったんだ」

「おれが、ひねくれてるって」

カーテンは、ひだひとつさえ動かさずに、ききかえします。

「どこのどいつが、そんなことをいうんだ」

風は、からからと笑《わら》いました。

「せなか町じゅうが、いってるよ。

マメルダさんの　カーテンは
かぜがふいたら　石のよう
かぜがないときゃ　羽のよう

ひねくれ　ひねくり　ひねくらり
ひねくれ　ひねくり　ひねくりり」

「歌にまでなってるのか」
カーテンは、おどろきあきれて、いいました。「ばかばかしい。よっぽどひまなんだな」
「ばかばかしいものかね。町のひとはよく見てるもんさ。

マメルダさんの　カーテンは
かぜのある日は　ねむってて
かぜのない日に　おどりだす
ひねくり　ひねくり　ひねくるり
ひねくり　ひねくり　ひねくれり」

気もちよさそうにうたったとおもったら、あきっぽい春風は庭のあたりを、くるくる吹《ふ》きまわったあと、さよならもいわずに、おやしきから、青空へと吹《ふ》きあがっていきました。

その先の空で、頭の毛がぴんぴんとはねた、年よりのはやぶさに、ぶつかりそうになりました。

「おっと、ごめんよ」

「気をつけな」

はやぶさは、くるりとからだをひるがえして、いいました。

「のんきに歌なんぞ、うたってやがると、けがをするぜ」

「春さきの風だもの。のんきなのはしょうがないさ」

春風は、笑《わら》います。

「せびれ山の、とげ峠《とうげ》のあたりに、わたをちぎったみたいな雲がただよってる。えらが崎《さき》からは、白くくだける波頭がはるかとおくまで見える。こんな気もちのいい日には、歌のひとつもうたいたくなるさ」

「ひねくれカーテン、か。みんなのいっていることが、ただしいとはかぎらないものさ」

はやぶさはいうと、青空をナイフで切るようにはばたき、その黒いつばさは、あっというまに、雲のなかに消えていきました。

季節《きせつ》はかわって、ひどくむし暑く、風のない日でした。潮《しお》のにおいのまじった夏の風が、南の森のうえをよぎって、はるばる町なかまで吹《ふ》いてきました。

「やあ、あれがうわさのカーテンのうちだな。どれ、ほんとに動かないかためしてみるか」

えい、と吹《ふ》きつけると、なんと、ひらり、と、かろやかになびいたカーテンは、風を部屋の奥《おく》にまねき入れてくれました。

とびこんだいきおいで、応接間《おうせつま》、台所、寝室《しんしつ》と、ぐるりといっしゅうし、窓《まど》ぎわにもどってきた風は、あわてていいました。

「ちょっとききたいんだが」

「なんだね」

「かぜがふいたら石のよう、という、世にもひねくれたカーテンはあんたじゃないのかい」

マメルダばあさんのカーテンは、むっつりとしていいました。

「そんな歌がはやってるようだがな。はらがたつから、ひやかしの風には、期待にこたえないで、ひらめいてやるのさ」

それをきいた夏の風は、おおよろこび。

「聞きしにまさる、ひねくれもんだ」

彼方《かなた》に入道雲のかがやく、青空へとまいあがりました。

「おっと気をつけな」

と、いったのは、年老《としお》いたはやぶさです。

「うかれてると、けがするぜ」

「いやあ、すまん。ひねくれカーテンの、ひねくれぐあいが、おもいのほか、ひねくれすぎてたもんで、風のなかまに知らせにいくところさ」

「おまえさんたちは、どうしてこうも他人のうわさ話が好《す》きなんだ」

はやぶさは、いいました。

「そりゃあ、風のうわさってくらいだから」

夏の風は笑《わら》い、あきれたはやぶさをしりめに、もときた海のほうへと吹《ふ》いていきま

した。

そうして、せなか町に秋がやってきます。

並木道《なみきみち》の葉っぱがおいしそうなパンケーキの色になります。その枝葉《えだは》が、なんだかがさがさとさわいでいるとおもったら、たちまちひどい嵐《あらし》になりました。

まわたのようだった雲が、いっきに吹《ふ》きよせられて、あつぼったいワタゴミのように、ねずみ色になって空に吹《ふ》きだまると、そこから大粒《おおつぶ》の雨が落ちてきました。

マメルダばあさんは、ゆっくりと、家じゅうをまわって、まるまった腰《こし》をせいいっぱいのばしては、ひとつひとつ窓《まど》を閉《し》めていきます。たかだか五つばかりの窓《まど》ですが、マメルダばあさんには、ひと仕事。しかも、窓《まど》わくはきしんで、力を入れないと動かないし、ぴったり閉《し》めたつもりでも、すきま風はようしゃなく入ってきました。

マメルダばあさんは、こころぼそくおもいました。そんなときは、早くになくなった旦那《だんな》さんや、むすこが生きていてくれたらとおもうのです。窓《まど》のすきまからは、雨が庭の草花をたたく音や、風が外壁《がいへき》をきしませる音も聞こえてきました。

「ずいぶんにぎやかね。ちゃんと眠《ねむ》れるかしら」

マメルダばあさんは、ベッドに入りました。

「きっとだいじょうぶ。いままでだって、ずっと、だいじょうぶだったんだから」

ところが、この嵐《あらし》は、せなか町の歴史《れきし》にのこるようなものになったのです。

「神さまが、はじめてせなかをかきなさっていらいのひどい嵐《あらし》だ」

おとなたちは、いいました。せなか町では、それまで経験《けいけん》がないことをたとえるのに、こういう決まり文句《もんく》があるのです。

夜になると、雨風は、もっといきおいをまし、並木《なみき》の多くから、うつくしい黄金色《こがね》になりかけた葉が、枝《えだ》ごともぎとられました。商店街《しょうてんがい》のパン屋の看板《かんばん》がころがって、くいしんぼうのドランの家の玄関《げんかん》にはりつきました。南小学校の風見鶏《かざみどり》は、空に飛《と》びたって行方不明《ゆくえふめい》になりましたし、マーニャの家の庭さきには、となりの家のいぬ小屋が、なかでちぢこまってふるえていたピーターごとひっこしてきました。せなか町にむかしからある見はり塔《とう》は、さきっぽがすこしかたむいたのではないかといわれました。

その真夜中をすこしすぎたころのことです。きょだいなバケツでぶっかけるような雨風に、マメルダばあさんのうちの窓《まど》は、ぎしぎしといやな音をたてています。

「なあ、カーテンよ。おれはいよいよダメかもしれん」

窓は、いいます。

「ばかなこというな。何十年、窓《まど》をやっているんだ。こんな嵐《あらし》、なんどもあったじゃないか」

カーテンは、はげますようにいいました。

「こいつは、ちがうみたいだぜ。雨が、大波みたいにぶつかってきやがる。さっきから、しけの海にただよってるボートになった気分だ」

もうすこし若《わか》かったらのりきれそうなんだが、と、窓《まど》は、いいました。

「なさけないこというなよ。この家ができたときから、いっしょの仲間《なかま》じゃないか」

カーテンは、いいます。

「そっちこそ、たいしたもんさ。この家に、はじめから残《のこ》ってるカーテンは、もうおまえだけだ」

「そりゃ、ものがちがうのさ。マメルダばあさんと旦那《だんな》さまがまだお若《わか》かったとき、ごうせいな新居《しんきょ》にあわせて、せなか町でいちばんりっぱなカーテンを仕立てたんだから」

なつかしいなあ、窓《まど》は笑《わら》います。その笑《わら》い声《ごえ》に、ぎしぎしという音がまじっています。

「たいしたもんだ。ひねくれカーテン、なんてまで、ばかにされてなあ」

「なんのことだ」

「とぼけなくたっていいさ。暑くるしい日には、風もないのにひらひらそよいで、部屋のおくまでそよ風を吹《ふ》かせる。はだ寒い日は、どんなにすきま風が入っても、石みたいに動きゃしない。からだの弱いマメルダばあさんを気づかってのことだろう」

そのとき、ひときわ、はげしい突風《とっぷう》が、たたきつけるように窓《まど》わくを、きしませました。

「ああ、これはだめだ。すまん」

ひと言いいのこすと、窓《まど》は、とうとう、がしゃん、と、嵐《あらし》の庭へと落ちてしまいました。

カーテンの目のまえには、四角い穴《あな》だけがのこされました。がくぶちのなかの絵のように、そこには、荒《あ》れくるう嵐《あらし》の夜の光景《こうけい》がありました。

「ええい、たよりにならん、窓《まど》のやつめ。嵐《あらし》め、のぞむところだ」

カーテンは、身をかためて、穴《あな》をおおいます。雨風をひとすじたりとも、マメルダばあさんのベッドまでとどかせないかくごです。

「やめとけ」

そのとき暗やみから、ごうごうと、おそろしい声がします。

「嵐《あらし》でもうごかないカーテンなど聞いたこともない。いまだかつて、この町には吹《ふ》いたことがないかもしれないが、うわさに聞いたことはあるだろう。おれたちは、南の海からやってきた、台風というものだ」

そのはげしい雨風は、名乗りました。

「そういわれちまうと、ますます、びくともできないな。そっちだって聞いたことがあるだろう。おれは、せなか町の、ひねくれカーテンというのさ」

吹《ふ》きつけるたびに、じぶんをつっているレールが、頭のうえで、ぎりぃー、ぎりぃー、と、ひめいのような音をたてます。

「嵐《あらし》なんてのは、つづいたってひと晩《ばん》くらいのもの。こっちは、朝も、夜も、何十年も、このおやしきのカーテンをやってるんだ」

そして、ながくきびしいたたかいがつづきました。やがて雨は小降《こぶ》りになり、風はおさまって、夜明けとともに、嵐《あらし》は去りました。

はげしい風にいためつけられ、ぐっしょりぬれたカーテンは、ほっとしたかのように、雨水をすったじぶんの重さで、ゆっくり、ずる、ずる、とやぶれて、音もなく床《ゆか》に落ちました。

「ふん。ひねくれものらしいさいごだな」

きれいに晴れあがった空のむこうで、去りぎわの台風の、くやしまぎれの声がしました。

「ああ。世界ひろしといえども、こんなにいさぎよい幕引《まくひ》きをしたカーテンは、おれのほかにはあるまいよ」

床《ゆか》のうえで、ぼろぞうきんのようになって、もうゆれることのないカーテンは、まんぞくそうにいいました。

ベッドから出たマメルダばあさんは、こわれた窓《まど》からななめにさしこんだ朝日をあびている、床《ゆか》のうえのぼろ布《ぬの》を見つけて、あっといいました。窓《まど》のない穴《あな》から見える、すっかりもみくちゃになった庭木が、昨夜《さくや》の嵐《あらし》のすさまじさを物語っています。ずぶぬれになったぼろ布《ぬの》は、吹《ふ》きつけられた木の葉や折《お》れた小枝《こえだ》でおおわれて

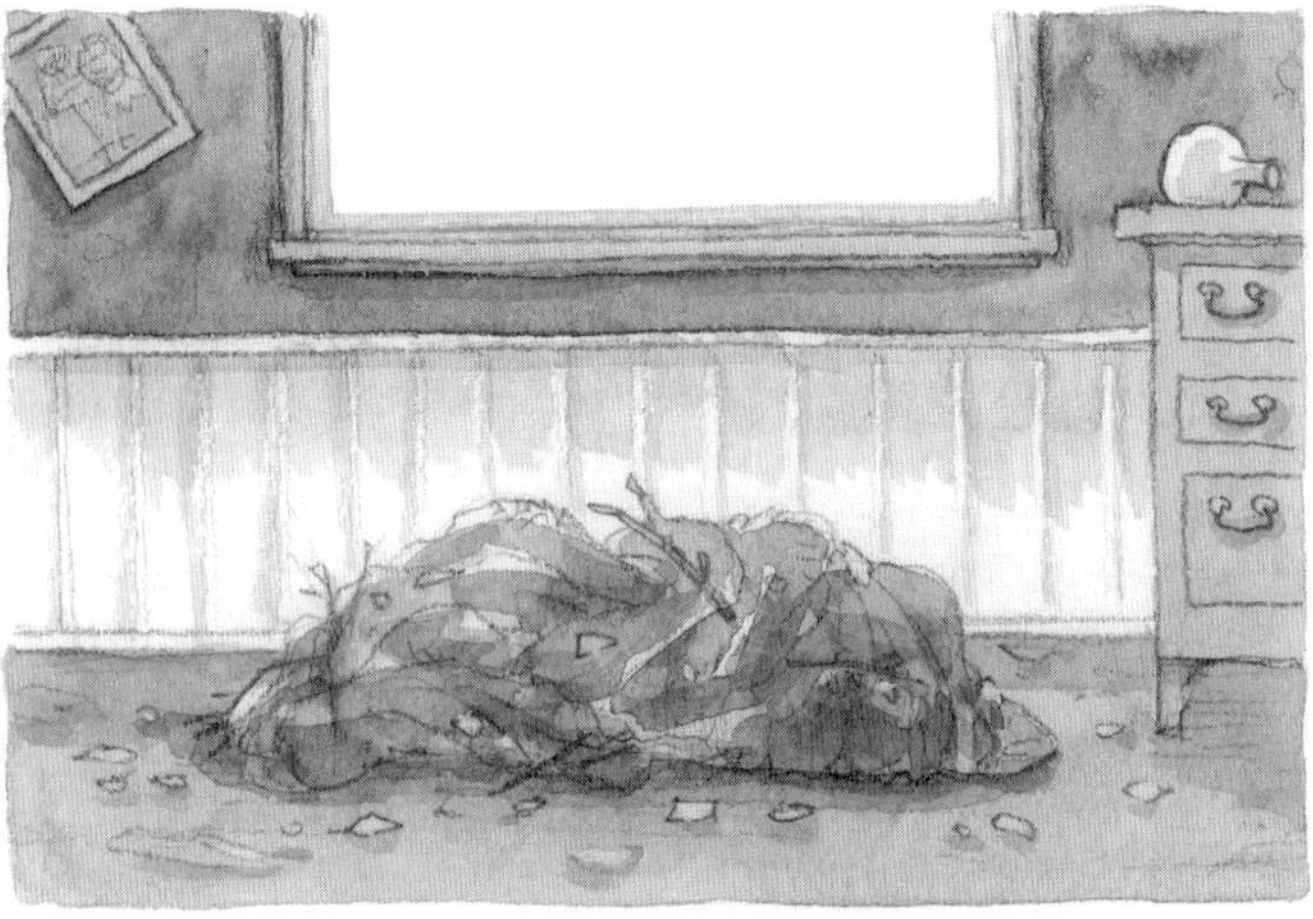

いました。

おばあさんは、あのうつくしいカーテンがひと晩《ばん》じゅうじぶんをまもってくれたことに気づき、涙《なみだ》をこぼしました。

そして、マメルダばあさんは、カーテンだったぼろを、だいじにひろい集めては、きれいに洗濯《せんたく》をし、ていねいにのばし、庭の物干《ものほし》でかわかしました。そして、ぼろぼろのはぎれを、スカートにぬいなおしたのです。

「どうやら、いさぎよい幕引《まくひ》きとは、いかなかったらしいね」

風たちにからかわれましたが、カーテンは、とてもしあわせでした。

というわけで、おばあさんのスカートは、いまでも、風のないむし暑い日には、かってにひらひらとひらめくそうです。

名まえをおとした女の子

せびれ通り北三丁目十七番地の、デイジーは、とっても元気な女の子でした。まあ、ちょっと元気すぎる、といってもいいかもしれません。

「もうすこし落ちつきがあるといいのにねえ」

おかあさんは、よくためいきをついています。

いつか、こんなことがありました。

八百屋《やおや》さんにおつかいをたのまれたデイジーは、わすれないように、なす、きゅうり、さやいんげん、と、お歌をうたっていました。その歌が、じぶんなりにとてもよくできていたので、とくいになってうたいながら、どんどん行進しているうちに、北の野原にたどりつきました。そして、そのまま、まっ暗になるまで遊んでしまったのです。帰ってきたとき、泥《どろ》と草の実だらけになったデイジーは、お買い物のことなどすっかりわすれていたのでした。

また、小学校の秋の写生大会で、みんなでせびれ山に出かけたときのこと。デイジーは絵を描《か》くなんてそっちのけ、落ちているどんぐりにむちゅうになりました。大会が終わったころには、リュックも、ポケットも、ぼうしも、どんぐりでいっぱい。

「先生、わたしが一等賞《いっとうしょう》よね」

と、とくいげにむねをはったのでした。デイジーの画用紙は、さがしたけど、どこかになくなっていたそうです。きっと鳥がこまかくちぎってじぶんの巣《す》にでもしたのでしょう。

また、デイジーは、せびれ通りの路地を知りつくしていて、ものすごいはやさでかけぬけるので、住んでいるたくさんのねこたちのなかで、しっぽをふまれたことのないものは、一匹《ぴき》もいないのでした。デイジーが路地を走るときは、ニャー、ギャー、フウー、と、怒《おこ》ったねこたちの鳴き声が、音楽のように聞こえてくるとか。

そんなこと、こんなことを、たしなめられるたびに、デイジーはこころからうんざりしました。

「おてんばとか、らんぼうとか、女の子だから、そんなことといわれるんだわ。男の子だったら、元気でいいわねっていわれるのに」

反省《はんせい》することもなく、ふん、と口をひんまげるのでした。

ある日、お仕事からはやく帰ってきたおとうさんが、デイジーを見ていいました。

「おや、えーと、元気だったかい、娘《むすめ》や」

いつものように、名まえをよんでだきしめてくれません。

「どうしたの、おとうさん、なにかへんよ、わたしの顔になんかついてるの」

デイジーは、いいました。

「いや、えーと」

おかあさんは、夕ごはんのお皿をならべながらいいました。

「おとうさんは、つかれてらっしゃるのよ。えーと、あの、娘《むすめ》」

「娘《むすめ》ってなにさ。わたしの名まえは、えーと、あれ」

どうしたことでしょう。じぶんの名まえがおもいだせません。

そういえば、きょう学校の帰りに、せびれ通りのはずれの砂利《じゃり》とり場で、ニーダやマイナと遊んでいたとき、ふとなにかが落ちる音が聞こえたような気がしました。地面を見てもなにもなく、なくしたものもなかったので、そのままほうっておいたのです。

「あのときだわ。おかあさん、おとうさん、わたし名まえを落としてきちゃった」

「なんてバカな子なの。早くさがしてらっしゃい。えーと、あのー、娘《むすめ》や!」

名まえのない女の子は、うちを飛《と》びだしました。

もうおひさまはかたむきかけ、すずしい風が、くびすじにさわって、吹《ふ》きすぎていきます。

砂利《じゃり》とり場は、学校で、あぶないので遊んではいけないとされています。さっきはちょっと遊んでしまったけど、一日二回も行くのはさすがにいけないわ。女の子は、おもいました。でも、しょうがない、たいせつな名まえを落としてしまったかもしれないんだもの。

女の子は、切りくずされた小山に、もういちどのぼったり、かけおりたり、さっき遊んだとおりに、すっかりたどってみます。

ななめの坂は砂利《じゃり》がくずれるので、まるでスキーのようにくつのうらですべっておりることができます。

「ああ、たのしい」

女の子は、なんどものぼっては、両手をはねのようにひろげ、しゃめんをすべりおります。

「ここが、いちばんむずかしいコースよ」

がけのようになった急な坂にも、ちょうせんしました。

「あ、いけない。こんなことしてる場合じゃない。名まえをさがしにきたんだった」

夏ですから、日は長いのですが、そろそろ夕焼《ゆうや》けになるまえの、紫《むらさき》がかった空にかわりはじめています。

空があかね色にそまってしまえば、暮《く》れるまでは、あっという間。よく知っています。

なぜなら、女の子は、いつもお母さんにおこられていたからです。

「暗くなるまえに帰ってきなさいといったでしょう」

おかあさんはしかります。けれど、まだ夕方ね、とおもっていたのに、気づくといつも夜になっているのです。それをさけるには夕方になるまえに帰らないといけない。そんなのむりに決まってる。

「暗くなったらおしまいだわ。名まえは、きっともう見つからない」

女の子は、いいました。だって、画用紙みたいなおおきなものでさえ見つからなかったのに、名まえのような、いかにもたよりないものが、暗いなかでさがせるとはおもえません。だいいちそれがどんなかたちか、どのくらいのおおきさかも知らないんだから、と、女の子はおもいました。

ここでなにかが落ちた音がしたのも、気のせいかもしれない。だって名まえが音を立てるかどうかも、わたし知らないんだもの。

学校からの帰り道のどこかで落としたんだわ。女の子は、道順《みちじゅん》をおもいだし、おもいだししながら、砂利《じゃり》とり場からゆるい坂をくだります。畑のわきを行くあいだ、目を皿のようにして地面を見ています。雑草《ざっそう》が足首をくすぐりましたが、いつものようにその白くちいさな花に、しゃがみこんで話しかけているひまはありません。

ようやく、せぼね通りまでもどりました。ここから学校へと、いったん帰った道を、またたどりなおすのです。ほんとうは、より道さえしていなければ、こんな遠回りをしてさがさなくてよかったのですけど。

「よう、どうしたんだい」

声をかけてきたのは、バリアンです。町でたったひとりの消防士《しょうぼうし》。もうひとりいるおじいさんの署長《しょちょう》は、ふだんは森のなかの小屋でみつばちを飼《か》っています。「はやく家に帰らないと、おかあさんにしかられるぞ」

「もう今日のぶんはしかられたわ」

女の子は、むねをはっていいかえそうとしましたが、ふと考えなおします。

「ねえバリアン、あたしの名まえ、なんだか知ってる?」

「バカなこときくね。あたりまえじゃないか。えーと」

バリアンは、長くのばした葦毛色《あしげいろ》の髪《かみ》を指ですきながら、みるみるこまった顔になっていきます。ぶらさげた空《から》のバケツにつっこんだ、手回しサイレンが、カラン、とゆれて、ウ、ウ、と鳴りました。

「いや、おかしいな。急にきかれるとおもいだせないもんだ。ははは」

「もういいわ」

こんなことしてられないと、女の子は、背《せ》を向けてかけだします。

「いや、おれは、女の子の名まえをわすれちゃってがっかりされることは、しょっちゅうあるんだ。気にするんじゃないぞ」

よくわからない、いいわけが、せなかから聞こえてきました。


いよいよ西の空が赤くなってきました。

空を見なくてもわかりました。目のまえの南せなか小学校が、ほのかに朱色《しゅいろ》にそまっていたからです。壁《かべ》は白く、屋根と窓《まど》わくがえんじ色をした、かわいらしい校舎《こうしゃ》が、いまはとてもよそよそしく見えました。

校門は、もう閉《と》じられています。どうやって学校のなかや校庭をさがそうかと考えていたとき、ふとおもいだしました。

校門を出るとき、歴史《れきし》のリロフ先生に声をかけられたのです。「さようなら。より道しないで帰るんだよ」

そのとき、あたし、名まえをよばれたわ。

つまり、そのときまでは、まだ名まえを落としていなかったということです。

「なにしてんだ。わすれものかい」

夕焼《ゆうや》けのむこうから、ひとりで歩いてきたのは、同級生のプラッケでした。

「いま帰り？」

女の子は、ききました。

「うん。牛乳《ぎゅうにゅう》びんを洗《あら》いおわるとこんな時間になっちゃうんだ」

プラッケは、いいました。

「今日はマイナをありがとな」

「ううん」

プラッケは毎朝、牛乳《ぎゅうにゅう》はいたつをしていますが、夕方も仕事のときがあります。そんなときは、女の子やニーダが、妹のマイナと帰ってくれることがあるのでした。

「そっちは、なに。わすれもの？」

「わたし、じつは、名まえを落としちゃったみたいなの」

女の子は、おもいきってうち明けました。そうすると、急になんだかさびしいような気もちになって、涙《なみだ》がじわりとにじみました。

プラッケは、なにもいわずに、女の子を見つめます。

女の子は、はずかしいような、みっともないような、あんばいになります。だって、名まえを落っことしちゃった女の子なんて、プラッケは見るのもはじめてでしょう。

「へえ。気づかなかった」

プラッケは、いいました。

「え」

女の子は、びっくりしました。

「まあ、名まえなんてなくたってへいきさ」

「どうして」

「だって、べつにいまもこまってないだろ。おれたち、遊んでるときは、名まえなんかよんだりしないし」

「そうだっけ」

「そうさ。なかのいいやつなら、名まえなんてわざわざよばない。おーい、って、いうだけさ。ほんとにこまったら、ニーダにでも、かっこいいあだ名をつけてもらうといい。図書委員のパルミナなんか、物知りだから、きっといいのつけてくれるよ」

たしかに、あたしが名まえをよばれるのは、うちでおこられたり、教室で指《さ》されたり、注意されたりするときだけだわ。もしかして、名まえなんかなくたってこまりゃしないのかも、女の子は、ちょっと気もちがかるくなりました。

「それにしても、ふしぎな話だなあ。バリアンにいちゃんが聞いたら、おもしろがって歌にして、きっと町じゅうにはやらせるぜ」

プラッケは、いいました。あぶなかった。さっき、名まえをおとしたなんていわないでよかったわ。女の子は、むねをなでおろしました。

おれも、帰り道、気をつけて見てみるよ、とプラッケはいいました。校舎《こうしゃ》の塀《へい》にそってちいさくなっていく、そのシャツのせなかがあかね色にそまっています。陽《ひ》がしずむまではがんばろう。すこし元気の出た女の子は、家までの道をもういちど歩きはじめました。

並木《なみき》の一本一本の根元を、しらべてとおります。ひくい枝《えだ》に引っかかっていないかと、ときどき見あげたりもします。そうやっているうちに、またせびれ通りにつきあたりました。

建物《たてもの》のかげがこくなった商店街《しょうてんがい》を、きょろきょろしながら歩いていると、魚屋のルビナおばさんがしゃがんで、ねこにあまった切り身をあげていました。

「おなかがすいてたんだね、デイジーや」

なんだか聞きおぼえのある名まえです。おかし

いわ。女の子は、おもいました。あの白黒のぶちねこ、昨日《きのう》までは、ミーコってよばれてたのに。

わかった。あたしの名まえを、ひろったのね！

「この、どろぼうねこ！」

女の子は、食事ちゅうのねこにとびかかりました。ねこは、ひらりと、身をかわします。

「あら、なんてことをするんだい、えーと、なんだっけ、おじょうちゃん！」

ねこは、さっとかけだします。

おもいだした、こないだ、床屋《とこや》さんのまえでしっぽをふんづけた、あのねこね。

「まちなさい。あたしの名まえ、かえしてよ」

女の子は、市場をかけだします。

「こら、ばかねこ」

おさしみをのみこみながらでも、ねこは、すばしっこくて、つかまりません。

「まちなさいよ。まてってば。こら、デイジー！」

おもわず、その名まえをよんでしまったとき、ねこは、ぱっと立ちどまり、ふりむきました。そして、勝ちほこったように、にゃあり、と鳴いてから、すっかり日の暮《く》れた大通りをかけだし、路地へと消え去ったのでした。

「ふん、今日は、見のがしてやるけど、そのうちきっとつかまえるからね」

名まえのない女の子は、すっかりいつもの顔にもどって、にんまりと笑《わら》いました。

カウボーイのヨーグルト

せなか町から北にひろがる、むなびれが原には、いくつか牧場《ぼくじょう》があります。そのなかでも、ひときわおおきなものが、レイリー牧場《ぼくじょう》でした。おいしい空気と、ゆたかな牧草《ぼくそう》のなか、たったひとりの青年が百頭もの牛をそだてていたのです。

その若《わか》い牧場主《ぼくじょうぬし》、レイリーは、カウボーイの天才とよばれていました。ひとたび命令《めいれい》すると、のんびりと、勝手気ままな牛たちを、自由自在《じゆうじざい》にしたがわせることができたからです。

レイリーは、草のにおいのまじった風をすこしすいこむと、すらりとした見かけからはおもいもよらないきびしい力で、むちを、ぱしっ、と大地に打ち

つけ、

「ヤッハー」

と、さけびます。

その声が、牧草《ぼくそう》のうえすれすれを走りぬけて、青空まで舞《ま》いあがると、牛たちは、いっせいに耳の向きをかえました。そして、立ちあがり、一方向にかけだします。

また、レイリーは、緑色の革《かわ》のブーツのかかとをうちあわせ、

「ラッハー」

と、さけびます。

かけていた牛たちは、はっと立ちどまり、その場に腰《こし》をおちつけました。そうして、やわらかい草を、ゆっくり、味わって、はみはじめます。

また、夕暮《ゆうぐ》れになると、レイリーは、革《かわ》のすそあてがついたズボンのポケットから右手を出し、カウボーイハットのひさしをつまんで、きゅきゅっ、と鳴らし、

「タッハー」

と、さけびます。

そうすると、おもいおもいの場所でやすんでいた牛たちは、重そうなからだをもち

あげ、しっぽを一回、くるりとふります。それから、回れ右をし、牛小屋にもどりはじめます。そうして、小屋の入り口に順番《じゅんばん》にならび、一頭もまちがえることなく、じぶんのねどこに落ちつくのでした。

あとは、飲み水を新しくかえて、牛小屋の鍵《かぎ》をしめるだけ。こんなぐあいですから、百頭もの牛たちがいても、ひとりで牧場《ぼくじょう》を切りもりすることができたのです。


あるとてもよく晴れた冬の日。しも柱のもちあがった黒土を、さくさくとふみながら、牧場《ぼくじょう》にやってきたのは、消防士《しょうぼうし》のバリアンです。青いつなぎのうえに、焼《や》けこげだらけのコートをはおり、いつものように空《から》のバケツをぶらさげています。

バリアンは、小学校からの友だちのレイリーのそばまでくると、さくによりかかって、牛たちのパレードをながめながら、いつものように、こういいます。

「いやあ、りっぱな牧場《ぼくじょう》だ。どっかの海にいるというマンタのせなかみたいじゃないか。同級生でいちばんの出世がしらだなあ」

マンタのせなかみたい、というのは、せなか町のひとがおおきさやひろさに感心したときにつかう、決まり文句《もんく》です。

「たいしたことはないさ」

レイリーは、さくのうちがわから、ふとい眉《まゆ》をよせて、てれたように笑《わら》います。

「どうしたらこんなに、牛がなつくんだろうな」

バリアンは、いいます。

「とくべつなことはしてないんだが」

「きっと、おまえじゃなくて牛たちが、ばつぐんにりこうなんだろう」

「ちがいない」

レイリーは笑《わら》って、むちを二つにおりかさねました。そして、両はしを引っぱって、すぱん、とかわいた音をだします。すると、見わたすかぎりにちらばっていた百頭の牛たちが、のっそり首をもたげ、バリアンにあいさつをするみたいに、こちらを見ました。

バリアンは、小学校の音楽の授業《じゅぎょう》で合奏《がっそう》をしたときのことをおもいだしました。あのときも、てんでんばらばらだったクラスのみんなが、レイリーが指揮《しき》をしたとたん、ふしぎとぴったりまとまったのでした。

こんなに手のかからない牛たちでしたが、毎朝のミルクしぼりはひと仕事でした。夜明けまえに、牛乳屋《ぎゅうにゅうや》のマッソさん夫婦《ふうふ》が、引き車に牛乳缶《ぎゅうにゅうかん》をのせて手伝《てつだ》いにやってきます。そのかわりに、レイリーは、格安《かくやす》でミルクをわけていました。

「それにしても、どうしたらそんなに、牛に好《す》かれるもんかね」

マッソさんは、じゃ、じゃっと、バケツにミルクをしぼりながらいいました。

「牝牛《めうし》たちが、じぶんから、しぼってほしそうに近づいていくんだもの」

マッソさんの奥《おく》さんも、しぼりながらいいます。

「とくにかわったことはしてませんけどねえ」

レイリーも、手を休めることなくいいました。

今日は日曜です。牛乳《ぎゅうにゅう》はいたつのプラッケも、学校がお休みなので乳《ちち》しぼりにかり出されています。バケツがしぼりたての牛乳《ぎゅうにゅう》でいっぱいになると、もちあげて、なかみを牛乳缶《ぎゅうにゅうかん》にうつします。その缶《かん》のふたをしっかりしめてから、外の荷車まで運んでいくのです。

「こら、やめろ、棒《ぼう》つきあめ」

レイリーは、悲鳴をあげました。

その一頭の足のわるい牝牛《めうし》は、とりわけレイリーが大すきで、すぐに顔をぺろぺろなめようとするので、棒《ぼう》つきあめ、とよばれていました。

「ミルクがしぼれないじゃないか」

顔じゅうべとべとにされたレイリーを見て、マッソさん夫婦《ふうふ》も、プラッケも、大笑《おおわら》いしました。

「ねえ、レイリー。おとなになった牡牛《おうし》はどうなるの」

つぎのバケツがいっぱいになるあいだ、プラッケは、しゃがみこんで、ききました。

「がんじょうな牡牛《おうし》は、畑仕事用に売られていくこともある。でも、たいがいは、肉になる」

「かわいそうじゃないの?」

「牝牛《めうし》だって、ミルクが出なくなれば、おんなじさ」

レイリーは、棒《ぼう》つきあめのお乳《ちち》をしぼり終え、バケツをもって、となりの牛にまわります。

「つらくないの、レイリー」

プラッケは、牛が気《き》の毒《どく》というより、むしろレイリーを心配するようにいいました。

「つらいさ。家族みたいなものだもの」

「ふうん」

プラッケは、つめたくなった指先に、息をはきかけながら、たしかレイリーはみなしごだったという話をおもいだしました。

「牛だって、わかってくれてるさ」

レイリーは、笑《わら》っていいました。


それからすこしたった、ある日のことです。お昼から夕方にかけてなんどかつめたい雨が降《ふ》り、それが夜になって、雪にかわりました。

牛たちを小屋に入れ、水をとりかえ、牛小屋の扉《とびら》にかんぬきをかけました。見あげると、星か雪かわからない白いものがちらちらしています。そんな夜空のしたを、家に向かって歩きはじめました。レイリーの二部屋だけのちいさな住まいは、サイロをはさんで、ほんのすこしの距離《きょり》でした。

おや、おかしいな、家のほうだけがまだ暮《く》れ残《のこ》っているみたい。夕焼《ゆうや》けのように

赤々とした光がこぼれています。レイリーは、むなさわぎがして、サイロのむこうの家にかけだし、そして立ちつくしました。
レイリーの家の台所の窓《まど》がまっ赤にそまり、黒い煙《けむり》がうねるようにのぼっていたのです。かわかしておいたカウボーイの帽子《ぼうし》がストーブに落ちたのかもしれない、とレイリーはおもいました。さきほど、牛のためにに水をくんだ、バケツのところへ、はじかれたようにかけもどります。
風が吹《ふ》きはじめていました。家の外には、荷車がまだ出してあり、いつもなら夜露《よつゆ》が降《お》りるまえにサイロにもどすはずの干《ほ》し草《くさ》が、その日にかぎって、しまいわすれてありました。干《ほ》し草《くさ》からは、すでに、黒い煙《けむり》があがり、火《ひ》の粉《こ》がまっています。

あわててバケツをもってかけつけるレイリーの目のまえで、荷車が干《ほ》し草《くさ》ごと燃《も》えあがりました。レイリーは、いきおいよく水をかけましたが、火にとどくまえに、ほとんどが、じゅっ、と湯気になってしまいます。かくごを決めて、焼《や》けた引き手をつかみ、サイロからすこしでもはなそうと、炎《ほのお》をあげる荷車を引きはじめます。

そのとき、突風《とっぷう》が吹《ふ》き、火《ひ》の粉《こ》と、灰《はい》と、粉雪《こなゆき》とが、うずを巻《ま》くように立ちあがり、サイロの木の壁《かべ》が、いぶりはじめました。

「サイロが火事になったら、となりは、もう牛小屋だ」

レイリーは、荷車を遠くへけとばすと、サイロの扉《とびら》を引き開けます。三《み》つ又《また》を手にし、干《ほ》し草《くさ》を外にかき出しはじめました。かき出し、かき出し、なかほどまで進むと、とつぜん、どっと、煙《けむり》がおしよせてきました。間にあいませんでした。火が奥《おく》の干《ほ》し草《くさ》に燃《も》えうつったのです。

扉《とびら》から転がり出たレイリーは、炭のようにまっ黒にすすけていました。サイロをあきらめ、はうように、牛小屋にたどりつくと、なんとか扉《とびら》を開け、牛たちによびかけました。

「おおい、にげるぞ。みんな、外に出ろ」

しかし、その声は、すいこんだ煙《けむり》のせいで、いつもとはにてもにつかず、がらがらというだけです。

「ガッハー。落ちつけ、一列になって」

牛たちは、せまりくる火におびえ、あばれだし、おたがいにぶつかりあい、レイリーをふみつぶそうとさえしました。

「ダッハー。ザッハー」

あるじの声と気づくことなく、あちこちに突進《とっしん》する牛たちに、体当たりをして、戸口に向かわせ、なんとかすべて、外へにがしました。レイリーは、草むらに、なげだされるようにたおれ、そのまま気をうしないました。

炎《ほのお》は、ついに牛小屋をのみこんで燃《も》えさかります。草むらにたおれて、火にあぶられていたレイリーを助け起こし、ひきずっていったのは、かけつけたバリアンでした。バケツをもった町のひとたちと、火元の家だけは消しとめましたが、サイロや、牛小屋の炎《ほのお》ははげしく、焼《や》けおちるのを見ていることしかできませんでした。

にげだした牛の、半分ほどは見つかって、牧場《ぼくじょう》につれもどされました。レイリーの命はぶじでしたが、顔はまっ黒にすすけたまま。洗《あら》っても、洗《あら》っても、落ちません。髪《かみ》の毛《け》もちりちり。なによりも、声がすっかりかわってしまいました。

「ガッハー」

「バッハー」

「ダッハー」

砂利《じゃり》をスコップですくうようなひびきに、牛は、草をはんだまま、見向きもしません。

気落ちしてしまったレイリーの、ブーツのかかとは、長靴《ながぐつ》のように、ぽこぽこ鳴るばかり。むちは、しめったタオルのような音を出すだけでした。

「どうやらわたしたちのご主人は、どっかにいっちまったみたいだわ。あんなやつにしたがっていられるもんかね」

まるで、そんなふうに相談しあったかのように、牛たちは、ある満月《まんげつ》の夜、仮《かり》に建《た》てられたほったてごやの扉《とびら》を、体当たりで、かんたんにこわし、さくをこえ、いっせいに、逃《に》げだしてしまいました。

次の朝、レイリーが干《ほ》し草《くさ》をあげようと、ほったてごやに入ると、なかはからっぽ。いちばんなついていた牝牛《めうし》の棒《ぼう》つきあめが、ただ一頭、さびしそうな目でレイリーを見あげていました。レイリーは、がっくりとひざをつき、がらがらの声でうめきました。

「のこってくれたのは、おまえだけか」

牝牛《めうし》は、ぺろぺろと顔をなめてはきませんでした。見た目も声もかわってしまったレイリーを、あるじとわからないかのようでした。

「逃《に》げださなかったのも、足が悪かったからだろうな」

レイリーは、棒《ぼう》つきあめの鼻柱をそっとなでました。棒《ぼう》つきあめは、その黒目で、ふしぎそうにじっと見つめているだけでした。

さくはのこっていましたが、はむもののいなくなった草はのびほうだい、牧場《ぼくじょう》はただの原っぱになりました。冬のお日様は、ひくくのぼり、はんぶん焼《や》けこげたレイリーの家は、長い、いびつなかげをつくりました。

レイリーは、火事の日からよくねむれなくなりました。夜風が吹《ふ》きこむせいもありましたが、牛たちが焼《や》け死《し》ぬおそろしい夢《ゆめ》を見るのです。

ある夜、さみしげな棒《ぼう》つきあめを、はんこげの家のなかにうつし、床《ゆか》にねどこをつくってやりました。棒《ぼう》つきあめが同じ屋根のしたにいるだけで、牛がたくさんいたときの気もちになれるのか、ようやくすこしはねむれるようになりました。

ふと気づくと、レイリーは、明るい場所に立っていました。右も左も見わたすかぎりまっしろで、目がしょぼしょぼするほどの光です。さくも牧草《ぼくそう》もほったてごやもありませんが、レイリーには、ここがじぶんの牧場《ぼくじょう》だとわかりました。これはどうしたことだ。ひと晩《ばん》で、大雪でも降《ふ》ったんだろうか。

ああ、きっと夢《ゆめ》なんだ。レイリーは、おもいました。それならば、と、光に手をかざしながら、牛のすがたをさがしました。黒いのや、白いの、茶色や、赤いのや、ぶ

ちの、なつかしい牛たちを。けれど、どこにもそのかげさえ見つけることはできません。

「もどってくれたっていいだろう。夢《ゆめ》のなかぐらいは」

レイリーは、そういうと、うずくまるようにして、泣《な》きはじめました。

見る夢《ゆめ》のなかにさえ、もう牛はいない。そう気づいたとき、レイリーは、ほんとうに、あのころにはもどれないのだとわかったのでした。

「レイリー」

だれかの声がしました。

うめくように泣《な》いていたレイリーは、顔をあげ、あたりを見まわしました。まっ白でひとかげどころか、なにも見えません。ひどい吹雪《ふぶき》のなかにいるようですが、真夏の光に包まれているようでもあります。

もしかして天国なのかな。とうとうしんじまったのかもな、と、レイリーは、おもいました。

「おれをよぶのはだれだい。あくまか、かみさまか、ゆうれいか、きっとそんなとこだろう」

レイリーは、あたりによびかけました。

「かわいそうな、レイリー」

あくまとか、かみさまとか、そういうんじゃないな。レイリーは、おもいました。はじめて聞くのに、これがだれの声か、おれはよく知っている。

「気のどくな、カウボーイ」

「よしてくれよ。牛もいないカウボーイなんて」

「一頭いたらまだカウボーイよ」

ふりむくと、しろい服をまとった、少女が笑《わら》っていました。レイリーには、なぜか、それが棒《ぼう》つきあめだ、ということが、すぐにわかりました。

「どうしたんだ、そんなかっこうで」

ふふふ、と棒《ぼう》つきあめは笑《わら》います。

「あなたが、わたしをよんだのよ」

「そうだったかなあ」

レイリーは、いいました。

「なあ、教えてくれ。おれは、どこでまちがったんだろう」

「レイリー、あなたは、なんにも、まちがってないわ」

棒《ぼう》つきあめは、おどろいたように、黒い瞳《ひとみ》をくるくるさせました。

「おれは、ずっと考えてたんだ。牛たちのことを家族なんていいながら、売っぱらって、肉になったって知らん顔だ」

「そうね」

「うそばかりさ。うそばかりだ。だから、あいそをつかされたってしょうがないのさ」

「でも、それがあなたの仕事でしょう」

「棒《ぼう》つきあめ、おまえだって、ミルクが出なくなったら、売られちまうんだよ」

「それは、あなたが決めることよ。レイリー」

棒《ぼう》つきあめは、黒い髪《かみ》をなびかせながらいいます。

「それが、カウボーイってもんでしょう」

いつのまにか、風が吹《ふ》いていました。レイリーがふと顔をあげると、遠くに、ちっぽけななにかのむれが、かけていくのが見えました。列になったり、ちらばったり、かとおもうと、その場にしゃがみこんだり。遠すぎて、ちいさなつぶのようにしか見えませんでしたが、レイリーには、とてもなつかしくおもえました。

「あれはなんだろう。おれの牛どもに、なんてにているんだろう」

そうおもうと、もうじぶんでは気もちをおさえようがありませんでした。

「ヤッハー」

レイリーは、声をあげました。夢《ゆめ》のなかでは、いぜんとなにもかわらない、風をきりさくような声が、遠くまでとおっていきます。

そのちいさなつぶたちは、耳をすますかのように、ぴたり、と動きをとめました。

「ラッハー」

レイリーは、ふたたび声をあげます。ちいさくてはっきりとはわからないのですが、レイリーには、つぶたちが、首をもたげて、こちらをふりかえったように見えます。

「タッハー」

つぶたちは、ぶるっと、身をふるわしたように見えました。そうして、ゆっくり、レイリーのほうに、近づいてきました。

うれしくなったレイリーは、かかとをうちあわせたり、燃《も》えてなくなったはずのカウボーイハットのつばを指でこすったり。その、ひとつひとつの合図に、むれは、列を組んだり、わかれたり、右へ、左へ、とてもかわいらしく動きました。

ひさしぶりのカウボーイらしい仕事に、むちゅうになっていたレイリーは、はっと気づきました。まわりの空気が、なんだかしめってきているのです。いつのまにか、白い世界ぜんたいが、からだにまとわりつくように、重たくなっています。

「棒《ぼう》つきあめ」

レイリーは、よびかけました。まわりがねっとりと重くなっているせいで、少女のかっこうをした棒《ぼう》つきあめも、ぼんやりと見えにくくなっています。

「なあ、どうなっているんだ」

レイリーが、もがくように手足を動かすと、かんちがいしたむれが、さっと、隊列《たいれつ》を組みました。

「ふふふ。あなたは、やっぱりカウボーイよ。牛がいたって、いなくたって」

棒《ぼう》つきあめのすがたは、朝もやのように濃《こ》くなった白い世界に消えていきました。むれが動くたびに、白い世界はかきまぜられ、たぷたぷとゆれているようでした。顔や手は、なんだかぬるぬるしています。

このとてもいい香《かお》りはなんだろう。よく知っているにおいのような気がする。レイ

リーは、しめったくちびるをなめました。

「あまずっぱい」

レイリーは、目をさましました。ベッドにはいあがった棒《ぼう》つきあめが、べろべろと顔をなめていました。レイリーは、夢《ゆめ》のなかでおもわずあげた、じぶんの声で、目をさましたのです。

「ヨーグルトだ」


その朝、レイリーは、顔をあらい、ひげをそり、ひさしぶりに、革《かわ》をあてたズボンを身につけました。緑色のブーツをはき、むちをたずさえました。燃《も》えてしまったカウボーイハットのかわりに麦わら帽子《ぼうし》をかぶり、あまりいい音は出ませんが、そのふちを、指で、しゅっとこすります。そうして、棒《ぼう》つきあめのお乳《ちち》を、たるのなかにたっぷりしぼると、そのまえに、すっくと立ちました。

「ガッハー」

レイリーは、たるのなかの牛乳《ぎゅうにゅう》を見つめます。ゆっくりとおもたくゆれる白い表面の向こうに、レイリーはあの夢《ゆめ》の世界を見ていました。

「バッハー」

ひとたびそのしわがれた声をあげると、あのかわいいつぶたちが、列をなして、うれしそうに牛乳《ぎゅうにゅう》のなかをかけていくのが、レイリーには見えるようでした。

「ダッハー」

むれは、とまったり、ひきかえしたり、レイリーの合図にしたがいます。すると、あの夢《ゆめ》のように、目のまえの牛乳《ぎゅうにゅう》が、あまずっぱく、とろとろに、かわっていくのです。

レイリーがわれにかえったとき、もう窓《まど》から夕暮《ゆうぐ》れの光がななめにさしこんでいました。たるには、なみなみとヨーグルトができていました。

そのあとのレイリーは、なん日も、なん日も、棒《ぼう》つきあめのお乳《ちち》が出るかぎり、夢《む》中《ちゅう》で、ヨーグルトづくりをためしました。

むちをリズミカルに鳴らすと、むれはとびはねるようにかけ回り、そのヨーグルト

は、秋風のようにさわやかになりました。また、ブーツのかかとをうち合わせて、つぶたちをよく休ませると、蜜《みつ》のようにまろやかになりました。

むれをあやつって、あまくしたり、すっぱくしたり、こってりにも、ふんわりにも、自由にしあげます。まあ、そんなことは、お手のものだったのです。牛はいなくとも、レイリーは天才カウボーイだったのですから。

そうしてできあがった、カウボーイのヨーグルトは、あっという間に、せなか町じゅうのひょうばんになりました。週にいちどの売り出しの日には、買いもとめるひとの行列が、マッソさんの牛乳屋《ぎゅうにゅうや》のまわりを三周《しゅう》もしたほどでした。

いぜんレイリー牧場《ぼくじょう》とよばれた、くさぼうぼうの原っぱに、いまも半分こげた家が建《た》っています。もしも、そのちかくをとおることがあったら、耳をすましてみてください。家のなかで、たるにむかったカウボーイが、

「ダッハー」

と、がらがら声をあげ、むちをうちならす。そんなたのしげなようすが、いまでも聞こえてくるはずです。

そうして、かおをなめられたカウボーイが、

「こら、やめろ、棒《ぼう》つきあめ！」

って、さけぶ声もね。

ルルカのなみだ

ごうじょっぱりのルルカは、泣《な》いたことがありませんでした。
赤《あか》ん坊《ぼう》のときから、なにかあっても、だあだあ、ぶいぶい、ともんくをいうだけで、おなかがすいても、おむつがぬれても、けっして泣《な》き声《ごえ》をあげなかったのです。

ところが、ルルカが四歳《さい》になったある日のこと。いぬのカラスがいなくなりました。カラスは、ルルカが生まれたときからずっといっしょのお友だち。つやつやしたまっ黒な毛なみで、目まで川の黒石のようだったので、そう名づけられました。

とてもお天気のいい日でした。お出かけしたきり、カラスは、晩《ばん》ごはんにもかえってきません。そんなことは、はじめてでしたので、ルルカは、ひと晩《ばん》じゅう

ねむれずに、まくらをぎゅっとかかえてすごしました。

さて、つぎの日の朝がきても、お昼になっても、お庭のいぬ小屋はからっぽ。水も、ごはんも、器《うつわ》に入ったまんまです。

「きっと、いぬさらいにさらわれたんだわ」

おかあさんは、お昼ごはんのかたづけをしながら、台所でひとりごとをいいました。でも、お皿を洗《あら》うとき、水の音にまけないように、ひとはすこしおおきな声を出してしまうものです。

「しっ。ルルカに聞こえたらいけない」

テーブルについていた、おとうさんは、いいました。

台所にせを向けて、足のつかない高いいすにすわっていたルルカにも、おかあさんの声はちゃんと聞こえていました。そうして、わかってしまいました。だいすきなカラスは、もう帰ってこないのだと。

水平線のようにまっすぐ切りそろえられたまえ髪《がみ》の、そのしたのふたつの目が、ゆっくりと潮《しお》が満《み》ちるように水におおわれていきます。ちいさなまるい水面《みなも》に、テーブルのおとうさんや、台所のおかあさん、スプーンや、カップや、ガラスのびん、つくりさがった電灯《でんとう》、お花もようのテーブルクロスなど、部屋のなかのものがうつり、くるくるとまわりました。水面《みなも》は、瞳《ひとみ》のうえに、さざなみをうちながら、みるみるふくれあがると、窓からななめにさしこむ光にてらされて、春の夕方の海のように、ふかい琥珀色《こはくいろ》にかがやきました。

そのルルカから生まれたちいさな海は、ぽろり、と、したまぶたをはなれると、ゆっくり、ゆっくり、ほほをつたい、ひとつ、ふたつと、ころがり落ち、ちいさな岬《みさき》のようなあごの先から、したたりはじめます。

そのようすを、窓《まど》の外から見ていたのが、はたらきばちでした。

「ああ、なんてこった。今日はもう仕事をおえて帰ろうとしてたってのに。はばたくのをわすれて、おっこちそうになっちまった。こんな、うつくしいみつ。なんてふかいかがやきだ。どんな花のなかにも見たことがない」

びい、と、みぶるいして、すばやく窓《まど》のすきま

から部屋にすべりこみました。そうして、ランチョンマットをにぎりしめて、おだんごのようになったルルカの手のこうに落ちるすんぜんのなみだを、空中で、さっとつかまえました。

「おお。ずっしりとして、うっとりして、黄金か、果実《かじつ》のよう。シロツメクサのみつよりさわやかで、バラのみつよりも気高い。いやあ、そこらの花などをあさっていたじぶんが、ばかみたいにおもえるほどだ」

ほろり、ほろり、とおちてくるなみだのつぶを、ハチはとびまわって、つぎつぎとつかまえ、おなかいっぱいにすいこみます。おなかにためきれなくなっても、もったいない、とばかりに、長い足で、かかえこみました。たっぷりと重たくて、海のように波立つみつで、細い腰《こし》がおれそうになりながら、ハチは、ありったけのちからで羽ばたきました。その宝石《ほうせき》を落っことさないように、窓《まど》のすきまをすりぬけ、庭の立ち木の枝《えだ》をくぐり、ひといきにまいあがります。そして、ルルカの家の屋根を見おろす高さにのぼると、なかまのハチによびかけました。

「ぶおうん。ぶんぶん。ぶぶぶん。びー」

お宝《たから》発見、ぜんいん集合、という合図です。

そのあとは、ルルカの家へいそいでとんでいくハチたちとすれちがいながら、巣《す》に向かってまっしぐらです。

森のはずれで、まだ年若《としわか》いクマが、春の木《こ》の芽《め》をさがして歩いていました。すこしはなれた森の入り口を、かすかな木《こ》もれ日《び》を浴《あ》びながら、金の粉《こな》のようなものが、きらきらよこぎっていくのが見えました。クマが、じっと目をこらしていると、どうやらそのさきにある、ランプのかさみたいなかたちをした、ハチの巣《す》にすいこまれていきます。

「ミツバチの列だ。いや、しかし、このきらめきはなんだ」

クマは、つぶやきました。

足にはかかえきれないほどのしずくがぶらさがり、金色にそまって、風にふるえていました。

クマは、あっけにとられ、立ちつくしていました。いままで、あんなきれいな花のみつを見たことがあっただろうか。あれでつくったはちみつは、クマのとうさんも、かあさんも、ご先祖《せんぞ》さまも、味わったことがないだろう。最高《さいこう》のはちみつを、一族ではじめて、おれが手に入れる。きっと、おれは、だれもがうらやむ、クマたちの英雄《えいゆう》になるだろう。

いや、そんなことはどうでもよい。正直にいおう。おれは、あのみつをなめたくて、しょうがないのだ。

「木《こ》の芽《め》なんかさがしている場合ではない」

そうおもったら、おもわず、のどのおくからうなり声がもれました。クマは、はっと、口をおさえると、四つんばいになって、草むらにまるいからだをかくしました。

はちみつが、そんなにすぐには、できないことは、クマにもわかっていました。けれど、これまで、巣《す》のなかで熟成《じゅくせい》された、たくさんの花のみつに、さきほどのふしぎなみつがまじることで、きっとえもいわれぬはちみつが生まれるにちがいない、とおもったのでした。

そして、クマは、木のしたにうずくまったまま、夜を待ちました。日がくれて、草に夜つゆがおりるのといっしょに、クマの毛もしっとりしてきます。ハチの巣《す》に、たくさんあいている穴《あな》を、出たり入ったりしていたハチも、ねしずまりました。年若《としわか》いクマにとっては、そのハチの巣《す》は、かなりの高さでした。クマは、木にだきつき、よ

じのぼります。
そうっと、そうっと。ところが、あのかがやくみつをおもいだしたとたん、がまんできなくなったのです。
「わおう」
と、さけぶと、いきなりうでをふりあげ、つめでハチの巣《す》をひっかけるように、はね落としました。

落ちた巣《す》のまわりを、ハチは、たつまきのようにとびまわります。クマは、ふたたびさけぶと、月の光のなかで、炎《ほのお》のようにゆらめく、ハチのむれのなかにとびおり、巣《す》をひっつかみます。

「このクマめ。このクマめ」

ハチたちは、クマのいたるところ、とくに毛の少ない顔をねらって針《はり》でさします。クマは、おおきな巣《す》をうでにかかえると、ハチをふりはらい、ふりはらいしながら、森をぬけ、野原をかけ、やぶをとびこし、川をじゃぶじゃぶわたって、ついに、けむりのようにおってくる、ハチのむれをふりきりました。

「おうおうう——」

やったぞ、といういみでしょうか。ひと晩《ばん》じゅうにげまわったクマが、夜明けの空に、そうさけんだとき、知らぬまに、山のふもとの人里まできていました。

クマは、ハチの巣《す》を、ふるえる両手でつかみ、まるでくだもののように、ぱっくり、ふたつにわりました。しずくが、朝日にきらきらしながら、あふれだします。ルルカのこぼしたたくさんのなみだは、草花からできたはちみつとまじりあい、見たこともないような、かがやきをはなっていました。それは、うつくしいだけではなく、なぜか、すこしかなしいような、いろつやなのでした。

つめの先ですくいとったしずくを、なめたクマの目にも、なみだが光りました。

「なんというふかいあまさだろう。いろんないきものがそこから生まれた、おおもとのような味だ。なぜか、とうさんや、かあさん、あにきや、友だち、みんなのことをおもいだしたよ。あのしょっぱい海の水のなかにも、わずかなあまみがあるという。その海のあまさだけを、ぎゅっとあつめたら、きっとこんなはちみつになるのかもしれない」


すこしはなれた、あしの原のなかから、猟師《りょうし》のマルテが、そのようすを見ていました。

はて、こんな人里に、クマがおりてくるのはめずらしい。マルテは、カモの猟《りょう》を専《せん》門《もん》にしていましたので、クマを狩《か》ろうなんておもいもしませんでした。なのに、そのクマの手のなかに光る黄金《こがね》色のみつと、うっとりしたクマの顔を、とおくから見ているうちに、おもわず銃口《じゅうこう》をむけて、引き金を引いてしまったのです。弾《たま》はクマの手をかすり、クマは、しりもちをつきました。

クマは、それにひるむことなく、木々のあいだをころがっていくハチの巣《す》を、四つんばいでおいかけます。それほどに夢中《むちゅう》だったのです。

マルテは、どすん、どすん、と、さらに空にむけて銃《じゅう》を撃《う》ちました。山にひびきわたるその音を聞き、さすがのクマも、われにかえりました。

「うう。はちみつがどんなにだいじでも、てっぽうで撃《う》たれてはかなわん。ほかのやつに、ゆずってやろう。なんといっても、おれは、あのすばらしいはちみつを、いちどは味わったのだから。生きのびて、まわりのクマたちに、つたえなければならん」

クマは、いいわけじみたひとりごとをいうと、ハチの巣《す》にせを向け、山のなかへ帰ってゆきました。そのまるいせなかが木々のあいだに消えたあと、うおう、という、せつなくもあり、みちたりたようでもある声が、山あいにひびきました。

「どうも、天国ってのがあるなら、そこのくだものがまちがってしたまで落ちてきちゃったんじゃないか。そんくらい、なめたことのない味だ」

クマの落としていった巣《す》から、したたるひとしずくを、指ですくって、ひとなめしたマルテはため息をつきました。

「いやはや、これは、じぶんだけで、たべてはいけないものにちがいない」

カモを腰《こし》にぶらさげ、銃《じゅう》をかたにかけたまま、とびこんだのは、せなか町でいちばんの、リーロのケーキ屋でした。

「リーロ、こいつを見てくれ」

「ふむ」

リーロは、どろぐつのままお店にかけこんできたマルテをとがめもせず、まっぷたつのハチの巣《す》からもれだす夕映《ゆうば》えのようなみつを、コック帽《ぼう》のしたのおおきな目でにらみました。ひとめで、とくべつなみつだとさとったリーロは、しばらく考えて、

「これは、パンケーキをつくらにゃなるまい」

と、いいました。

「これまで、わたしは、じまんのパンケー

キをひきたてるために、はちみつをかけていたよ。しかし、きょうだけは、このはちみつをひきたてるために、パンケーキを焼こうじゃないか」

リーロは、エプロンをひっぺがすと、そのうえに、ハチの巣《す》をうやうやしくいただき、奥《おく》のキッチンにとびこみました。かつん。ぱりん。こつん。ぱりん。と、玉子をわる音がたちまちひびきはじめます。しゃっ、しゃっ、という、あわだてる音のあと、フライパンが、じゅう、と鳴くと、なんともいい香《かお》りがただよいます。店先で待っているマルテの、ごくり、と、つばを飲む音が、それにつづきました。


そのにおいは風に乗り、せなか町の北のはずれまでとどきました。

砂利《じゃり》とり場の小屋のあたりに、ほろ馬車が一台、まさに出発しようとするところでした。

ぎょしゃ台にすわった男は、いぬのぬすっと、いぬすっとの一味でした。たづなをにぎると、ほろのなかにいる、さらったいぬたちに聞こえるように、こういいます。

「さあ、この町ともおさらばだ。おまえたちも、ついに人間どもから、自由になれるんだぞ」

となりに、どさっとのりこんだ、年かさの男が、もじゃもじゃのひげをひねりながらいいます。

「そのとおりさ。ようやく、ほんらいのいぬにもどれるんだぞ。わんわんと、うれしそうに鳴いたっていいだろうに」

「おれたちくらい、いぬおもいな人間はいないよなあ、ホドロス」

若《わか》い男は、うっとりしたようすで、いいます。

「そうだとも。おれたちこそ、いぬの救世主《きゅうせいしゅ》さ、カナリッツ」

年かさの男は、むねをはっていいました。その目は、青空にながれる雲を見やっています。

「それにしても、さっきから、いいにおいがするな」

ホドロスは、鼻をひくつかせています。

「ずいぶんうまそうなにおいだが、どこからしてるんだ」

カナリッツは、たづなをはなして、しんこきゅうしました。

「こっちかな」

ホドロスは、ぎょしゃ台からとびおり、砂利《じゃり》をふみしめます。

「砂利山《じゃりやま》のむこうじゃないか」

カナリツも、馬車からはなれ、においをかぎながら、坂をのぼりはじめました。

荷台のほろのなかには、たくさんのいぬたち。

そのなかに、まっ黒な毛づやのいぬがいました。ルルカのいぬのカラスでした。にげることをあきらめていた、そのまっ黒な鼻が、くらやみで、ひくひくうごきます。

ほろのすきまからただよってきたにおいをかぐと、なんともいえないせつない声で、くうん、と鳴きました。そして、たちあがると、力をふりしぼり、首にむすばれていたなわを、何度も、ぐん、ぐん、と、引っぱりはじめます。

引っぱったなわは、じぶんの首をしめます。

それでも、黒いぬは、ぐん、ぐん、と引っぱりつづけます。

荷台が、ゆさ、ゆさ、と、ゆれだしました。

ぐん、ぐん
ゆさ、ゆさ
ぐん、ぐん
ゆさ、ゆさ

それを、出発の合図とかんちがいした二頭の馬が、ためいきをつくように、ゆっくりと、ひづめを鳴らして、馬車を引きはじめました。

車輪《しゃりん》のしたで砂利《じゃり》を鳴らしながら、馬車は、山のふもとをはなれていきます。

おどろいたのが、ほとんど砂利山《じゃりやま》のてっぺんまでのぼっていた、いぬすっとのふたりです。

「あ」

「おい」

「たいへんだこりゃ」

おろおろと見おろしているうちに、馬車は、街道《かいどう》に出ようとしています。あわてて、かけおりようとしたふたりは、砂利山《じゃりやま》をあまく見ていました。

「わあい」

あっという間に、足がすべって、ひっくりかえり、ごろごろと、したまでころがり落ち、気をうしなってしまいました。静まりかえったなかを、高くまきおこった土煙《つちけむり》が、風に流されていきます。

ぎょしゃのいない馬は、どこに行くのでしょう。鼻をひくひくさせ、あのよいにおいをたどって街道《かいどう》をすすんでいきます。

荷台のほろのせまいすきまから、もじゃもじゃした黒い顔だけが出ました。あの黒いぬが、ついに、なわを引きちぎったのです。そのまま、からだをよじらせて、ほろのすきまを通りぬけると（いぬは毛のわりにからだはやせているものです）、街道《かいどう》にとびおりました。

カラスは、まえ足をあげて立ちあがるようにして、においをむねいっぱいかぐと、なんの迷《まよ》いもなく、街道《かいどう》をまっすぐにかけだします。馬たちも、あとにつづけとばかり、スピードをあげました。砂利《じゃり》山《やま》の土煙《つちけむり》がおさまって、いぬすっとたちがわれにかえったときには、馬車は、もう、かげもかたちもありませんでした。


焼《や》きたてあつあつのパンケーキに、たっぷりまわしかけたはちみつ。その香《かお》りに、商店街《しょうてんがい》のリーロの店には、せなか町じゅうのひとがあつまったかというくらい、ながい列ができました。

甘《あま》いものに目がないマッソの旦那《だんな》さん、おかあさんにたのまれたニーダ、消防士《しょうぼうし》のバリアンも、パトロールをさぼってならんでいます。

「天国のくだもののようだって」

「くいしんぼうの魔女《まじょ》が魔法《まほう》をかけたらしい」

「満月《まんげつ》の光をすくいあつめて、小なべでにつめたような味だとか」

などなど、うわさがうわさをよんでいました。

ならんでいた魚屋のルビナおばさんが、ふりかえって声をあげました。

「おや、いぬまで行列しているじゃないか。たいしたものだね」

目からつま先までまっ黒な黒いぬが、列のいちばんうしろに、ちょこんとおすわりをして、舌《した》を出していました。

「あら、ちょっと、カラスじゃない！」

おばさんは、声をあげます。まあ、ルルカのだいじなわんちゃんがかえってきたわ。ルビナおばさんはカラスをだきあげると、商店街《しょうてんがい》のうらのルルカの家まで、いそいでとどけに行きます。

「ねえ、すぐもどるから、あたしの順番《じゅんばん》、だれかとっておいてね！」

そのあと、おうちにもどったカラスをだきしめて、ルルカが、人生で二度目のなみだを流したそうです。そのなみだを、またミツバチがねらっていたかどうかはわかりません。ただ、一度目とちがっているのは、それがうれしなみだだ、ということでした。

ぎゅっとだきしめられたいぬのカラスは、そのなみだを、とてもおいしそうになめていたそうですよ。

ルルカのようすを、わがことのようによろこんでから、列にもどったルビナおばさんは、さらにぎょうてんしました。おおきな馬車を引いた、二頭の馬が、鼻をくんくんさせながら、行列のいちばんうしろにおぎょうぎよくならんでいたからです。ふしぎにおもったみんなが、うしろの荷台のほろを開けると、なかには、さらわれたいぬたちが、ぎっしり。うれしそうに、はあはあと、舌《した》を出していました。

「ああたいへん。また飼《か》い主《ぬし》たちにしらせなきゃ。いつになったらあたしはパンケーキにありつけるのかしら」

ルビナおばさんは、あきれ顔で、そういったのでした。

麦の光

秋は、音楽会の季節《きせつ》です。せなか町のあちこちで、ささやかな演奏会《えんそうかい》がもよおされます。

南小学校でも、演奏会《えんそうかい》の練習がはじまりました。上級生になると合奏団《がっそうだん》に参加《さんか》することができるのです。

「ニーダ、麦の光、って知ってるか」

朝、学校につづくみじかいスズカケの並木道《なみきみち》で、プラッケはいいました。

「知らない」

ニーダは、いいました。

「知らないわ」

プラッケのいもうとのマイナも、まけずにいいました。

「あるらしいんだよ、そういうのが」

プラッケは、いいました。

「なんなんだよ、そういうのって」

ニーダは、いいました。

「なんなんのよ」

マイナも、まねをしていいます。プラッケが、マイナのほっぺを手ではさんで、もじゃもじゃっとしたので、マイナは、きゃー、とこうぎの声をあげました。

「きょうから演奏会《えんそうかい》の練習がはじまるだろ。麦の光にあたるとたいへんだぞ、ってバリアンにいちゃんがいってたんだ」

プラッケは、いいます。

「楽器《がっき》なの」

ニーダは、ききました。

「なんだかわからないんだって」

と、プラッケ。

「わからないのかよ」

ニーダは、笑《わら》いました。

「わからないのかよ」

マイナはいって、またもじゃもじゃっとされて、きゃー、とさけびました。そうこうしているうちに、三人は学校についたのでした。


いつもは、歌をうたったり、ハーモニカやたてぶえをならうのですが、その日の音楽の時間は、ちがっていました。

「あと一ヶ月で、演奏会《えんそうかい》がありますね。あなたたちも、上級生になったのですから、楽器《がっき》をおぼえて、何曲か演奏《えんそう》するのですよ。おとうさんやおかあさんも、きっと聞きにいらっしゃいます」

ナナリ先生は、教壇《きょうだん》に立って、いいました。新しく南小学校で音楽を教えている、若《わか》い男の先生です。

音楽室にある楽器《がっき》がしょうかいされます。

「これが、てっきんです」

と、いって、先のまるい棒《ぼう》を手にとり、コンコンとたたきます。音のさいごが、銀の雨だれのようにすじを引いて消えました。

「これが、もっきんです」

また、棒《ぼう》でたたくと、てっきんよりはやわらかく、クッキーを、ぽくぽく、かむような音がしました。

「これが、てふうきんです」

じゃばらをよこにひっぱると、ふがーという音がしました。まるで見知らぬおおきなどうぶつに、あいさつをされたようでした。

そのほかにも、おなじみのたてぶえ、よこぶえ、おおだいこ、こだいこ、かね、などが、つぎつぎと、しょうかいされました。

「デイジーは、かね、にしましょう。これはだいじなやくわりだよ」

「プラッケは、たてぶえだ。主旋律《しゅせんりつ》だからがんばるんだよ」

「マリッサは、てっきんだ。はじめての楽器《がっき》だろうから、たのしいぞ」

「ロインは、てふうきんだな。おしたり、引いたり、ちからもひつようだから、きみにぴったりだ」

などと、同級生たちに、じゅんじゅんに楽器《がっき》が、わりあてられていきました。

「ニーダ」

さいごによばれたのは、ニーダです。はい、と、返事をしました。

「麦の光だ。奥《おく》の棚《たな》にしまってあるから、もってきてください」

ニーダは、立ちあがって、奥《おく》の物置《ものお》きべやのほうへ行きます。朝にプラッケに聞いたことをおもいだして、むねがどきどきしてきました。さがしにきましたが、よく考えたら、麦の光がどういうものかも知りません。へやの奥《おく》の棚《たな》を見ていきますと、すみの暗がりに、なんだかわからないものがありました。でも、もしかしたら、これではないか、と、ニーダはおもいました。なんだかわからない、と、プラッケがいっていたからです。

それをかかえて、音楽室にもどると、何人かがおどろいた目で見ました。でも、ほとんどの生徒《せいと》は、じぶんにまかされた楽器《がっき》に夢中《むちゅう》で、わいわいと話しあっています。

「先生」

ニーダは、いいました。「これであっていますか」

「うん」

ナナリ先生は、いいます。「それが、麦の光だ。知っていたのかい」

「いいえ、よくは知りません」

ニーダは、いいました。

「そうか。では、吹《ふ》いてみましょうか」

ナナリ先生は、いいました。

「はい」

ニーダは、手にかかえたそれを、見おろしていいました。「では、吹《ふ》くのですね」

「いや。吹《ふ》くとはかぎらない。ふってみたまえ」

「はい。では、ふるのですね」

「いや。たたいてもいいかもしれない」

ナナリ先生は、ため息をついて、いいました。「じつは、なさけないことに、ぼくもそれがどういう楽器《がっき》か知らないのです」

「はあ」

ニーダは、なんだかこまったことになった、という気がじわじわとしてきました。

「去年までの先生は、おやめになって、旅に出てしまったので、きくことができなかった。まわりの先生にもたずねてみたが、やはりわからない。せなか町にむかしからつたわる楽器《がっき》で、合奏《がっそう》にはかならず入れること、とされているんだ。いま残《のこ》っているのは、この南小学校だけらしいのだが」

そういって、ナナリ先生は、鉄ぶちのめがねにかかったまえ髪《がみ》をなおしました。

ニーダは、うつむき、うでのなかのそれを、上下さかさにしてみました。とくに、手がかりはありませんでした。それどころか、いままでうえだとおもっていたほうが、したたのかもしれないという気がしてきました。

ほかの楽器《がっき》をやったらいけませんか、と、ニーダはいいそうになりました。だけど、こんなめんどうなものをまかされたのは、じぶんがたよりにされているのかもしれないと、ほこらしい気もします。

「では、がんばってみます」

ニーダはいって、それをかかえて、じぶんのいすにかけました。

「そうか。先生も、もうすこししらべてみるから」

ナナリ先生はほっとしたように笑って、他の生徒《せいと》たちに楽器《がっき》を教えにまわっていきました。

ニーダは、しばらく、それを、とほうに暮《く》れたようにながめていました。


つぎの日から、ほんかくてきな練習がはじまりました。これからは、毎日、音楽の時間ではなく、放課後《ほうかご》に集合するのです。

みんなが、ちょっとずつ、担当《たんとう》の楽器《がっき》を吹《ふ》けるようになったり、たたけるようになったりしていくのを横目で見ながら、ニーダは、じぶんの楽器《がっき》をしらべています。

つるつるしているとおもっていましたが、よくよくさわってみると、こまかいでっぱりがあります。とげといっていいかもしれません。

布《ぬの》をまるく張《は》ってあるとおもっていましたが、木のツルのようなもので編《あ》んであるような気もします。じっと見ていると、へびのぬけがらかなにかをよりあわせたようでもあり、気色わるくおもえてきました。

指をまげて、こんこんとたたいてみましたが、音はあまりひびきません。なかがカラッポのようにかるいのですが、なにかがつまっているように、もそもそとしめった音がします。表面には、いくつか穴《あな》というかすきまがあり、ニーダは、おもいきって、そのひとつに口をつけ、息を吹《ふ》きこんでみました。

すーすー。すー。

だめです。

「はー」

これは、ニーダの息つぎ。

すーすー。すーすー。すー。

息つぎ。

「はーはー。はー」

すーすー。

「はーはー。はーはー」

音は、すこしも出ません。

「苦戦《くせん》してるなあ。ニーダ」

かっこいい銅《どう》のふえをもったプラッケが、近よってきて、いいました。「おまえの息つぎの音のほうがよくひびいているよ。あはは」

じょうだんをいったつもりでしたが、ニーダは、いすにすわったまま、がっくりとうなだれてしまいました。

「ニーダ」

おくれて音楽室にきたナナリ先生が、まっすぐニーダのところにやってきました。

「練習がおわったあと、時間があるかい」

ニーダは、うなずきます。

「町の図書館にいってみよう。麦の光のことを書いた古い資料《しりょう》があるらしい」

せびれ通りを南にくだって、おやしき街《がい》をとおりすぎると、そこが、むなびれ森。図書館は、その森の奥《おく》にあります。ひとのように歩くきのこがいるとか、最高《さいこう》のはちみつをもとめてさまようクマがいるとか、ふしぎなうわさのある森でした。

クリや、トチなど木《こ》の実《み》がなりはじめている木々の、枝《えだ》や、つるをよけて、しめった落ち葉をふみしめます。したばえのなかにかろうじて見わけがつく細い道をたどっていくと、赤いレンガの建物《たてもの》が見えてきました。

「ついたぞ」

先生は、いいました。

はじめてここにきたニーダは、すこしどきどきしています。

森の図書館は、ちいさな建物《たてもの》に見えましたが、なかにはいるとおもったより広々として、森のなかは暗いのに、どうしてか、窓《まど》からは木《こ》もれ日《び》がふりそそぎ、明るい緑の光であふれていました。

天井《てんじょう》ちかくまである本棚《ほんだな》がいくつも、奥《おく》までならんでいます。本に日が当たらないようにでしょうか、本棚《ほんだな》のまわりまでは光がとどきません。その暗がりから、やさしそうなめがねのおばあさんがあらわれました。

LIBRARY

「南せなか小学校の、ナナリといいます」

先生は、おばあさんにあいさつをしました。「この子は、生徒《せいと》のニーダです」

かっちりとした桃色《ももいろ》の服を着たおばあさんは、ほほえんで、聞いておりますよ、楽《がっ》器《き》のことですね、といった。

「だれから聞かれました」

先生は、おどろいたようにいった。

「この町はせまいですからね。だれかが本をさがしていると、なんとなく耳に入ってくるものなのです。もうしおくれましたが、わたしがこの図書館の館長です。といっても、ここには、わたしひとりしかいないのですが」

おばあさんはわらって、奥《おく》へと歩きだしました。

図書館は、本だけではなく、せなか町につたわる古いものをたくさんしまってあり、博物館《はくぶつかん》のようでもありました。奥《おく》へとつづく棚《たな》に、麦の光と同じように、使いみちのわからないものが、いくつもならんでいます。

「ああ、あれはなつかしい。子どものころ、まだ家にありました」

ナナリ先生が、棚《たな》のうえのほうを指さします。

「ナムイモのでんぷんをとる機械《きかい》ですね。島でナムイモがとれなくなったので、この道具も使われなくなってしまいました」

館長は、ていねいに説明《せつめい》してくれます。

「あれは、なんですか」

ナナリ先生は、ききました。

「鳥の目ふさぎですよ。鳥をつかまえて、これで目をふさぐと、ほかの鳥が助けにやってきます。そこを捕《と》らえるという猟《りょう》が、むかしはあったのですよ」

「なるほど、はじめて見るなあ。で、あれは」

ナナリ先生は、なんだかこうふんして、つぎを指さします。

「あれは、だいじょうぶ病のときに使われ

た、おや指をささえる道具ね。おや指がひどくはれあがる病気で、まわりがしんぱいして声をかけても、おや指をぐっとあげてだいじょうぶだ、といっているように見えることから、そうよばれていたの。いまはもう、かかるひとはいなくなりましたけど」

「いやー。知らないことばかりですよ。で、あれは」

「先生」

ニーダは、かなしそうにまゆをよせて、いいました。

「そんなことしてたら、いっしょう、麦の光の本までたどりつかないよ」

かなり奥《おく》のほうの本棚《ほんだな》に、その本はありました。

館長さんが見つけてくれたのは、せなか町のいいつたえを記した古い本でした。表紙が茶色い革《かわ》で、なかも負けないくらい茶色くなっています。

「このあたりですわ」

館長さんは、なかほどを開いて、先生に本を手

わたし、では、ごゆっくり、といって、立ち去りました。

先生とニーダは、窓《まど》ぎわのちいさなソファにならんですわりました。

「どう、せんせ。書いてあるの？」

ニーダは、ききました。

「まてまて、古いことばだから、意味がわかりにくいのだよ」

ナナリ先生は、めがねをふいてから、またかけなおしました。「うーん。つまりだな、麦の光は、町に古くからつたわるもので、いちばんじゅうような、楽器《がっき》のなかの楽器《がっき》だと。かつては、十四個《こ》つくられ、町のさまざまな場所にしまわれたが、いまではそのいちぶしか残っていない」

「南せな小のほかにもあるんですか」

ニーダは、ききました。

「あるという話を聞いたことがないから、学校のがさいごのひとつなのかもしれないなあ。ほかにもっているひとがいたら、使いかたをたずねることもできるのだけど」

先生はいって、文字を指でたどります。

「なになに、えーと、麦の光は、それだけでは、楽器《がっき》とはいえない。だが、おおくの楽器《がっき》のなかにおかれたとき、この世のすべてとひびきあい、すぐれた音楽が奏《かな》でられるだろう」

先生は、顔をあげました。「これだけだ」

「えー」

ニーダは、いいました。「鳴らしかたは」

「書いてないなあ」

先生は、そのあとのページを数枚《すうまい》めくって、あっ、といいました。

「麦の光にまつわるあらゆることは、せなか町の長老《ちょうろう》のもとに代々つたえおくべし、と書いてある」

「すぐに行きましょう」

ニーダは、おもわず、ソファから立ちあがりました。たしか、二代まえの町長が、いまのせなか町の長老《ちょうろう》です。

「きょうはここまでだなあ。日が暮《く》れるまえにこの森を出ても、町なかにもどるころにはもうまっ暗だ。さあ、館長さんにお礼をいって帰ろう」

先生は、ニーダのせなかをぽんとたたいて、そういいました。

つぎの日の放課後《ほうかご》も、練習です。やはりいすにすわって、しんけんな顔で、麦の光を、ふったり、ゆすったりしていたニーダは、デイジーたちに話しかけられました。

「ねえ。わたしたちもいっしょに考えようか」

「なにを」

「ひきかたよ。麦の光の」

デイジーは、いいました。

「吹《ふ》きかたかもしれないけどな」

プラッケは、いいました。

「うーん。いいよ。じぶんたちの楽器《がっき》をがんばりな。ひとりでなんとかやってみるさ」

ニーダは、いいました。

「じつは、いろんなひとにきいてみたんだ。去年、麦の光を担当《たんとう》したのは、ユニッケっていうせんぱいだった」

プラッケは、いいます。

「え。それで」

「けっきょくどうしていいかわからなかったらしい。合奏《がっそう》のあいだじゅう、麦の光をひざに乗せて、曲が終わるまでじっとしてたんだって。そのまえの年のモニクせんぱいも、おんなじ。参加《さんか》してるように見せようと、すこしリズムに合わせてふっていたらしいけど」

「だから、ふつうのやりかたじゃダメなんじゃないかっておもうの」

デイジーは、いいました。

「吹《ふ》くとか、ひくとかじゃないかも」

プラッケは、いいました。

「どういうこと」

ニーダは、ききました。

「たとえばだけど、投げつけるとかさ」

プラッケは、いいます。

「え」

ニーダは、おどろきました。

「けとばすとか」

デイジーは、いいました。「水につけるとか、お湯をかけるとか」

「三階から落とすとか、ひもをつけてふりまわすとか」

プラッケも、いいます。

「おまえら、本気でいってるの」

「いままで何人ものせんぱいががんばっても、演奏《えんそう》のしかたがわかってないんだ。きっとあたりまえのやりかたじゃないんだよ」

「なるほど」

ニーダの顔が明るくなりました。その考えに感心したのもありますが、ふたりの気もちがうれしかったのです。「いっしょに考えてくれるかい」

プラッケと、デイジーが、うなずきます。

「まず、おおきな紙ひこうきにしばって、屋上からとばしてみるってのはどうだ」

プラッケは、はずんだ声で、いいました。

「お塩《しお》で下味をつけて、油であげたらどうかしら」

デイジーは、うれしそうに、いいます。

「おまえら」

ニーダは、うたがうような細い目になって、いいました。「もしかして、練習の息ぬきしてるだけなんじゃないのか」

そこに、ナナリ先生が、音楽室の戸を開けてはいってきました。

「はい。みんな、じぶんのいすにすわりなさい。きょうまでできたところを、楽器《がっき》ごとにテストしますよ」

プラッケと、デイジーは、あっという間に、じぶんの席《せき》にもどっていきました。

そのあと、先生はニーダに、長老《ちょうろう》の話を聞けることになったから、練習が終わったら行ってみましょう、と耳うちしたのです。

せなか町の、もっともにぎやかなせびれ通りを、どんどん東に歩いていくと、やがて建物《たてもの》は、ぽつりぽつりと、まばらになります。さらに東を見ると、せなか島でいちばん高く、まっ黒で、とがった、せびれ山がそびえています。そのむこうには、見知らぬ村がいくつかあって、ニーダも出会ったことのない人びとやいきものが住んでいるらしいのでした。

長老《ちょうろう》の住まいは、もちろん、そのもっと手まえで、せなか町の町はずれにありました。おおきな門のむこうに、広いお庭がありました。池や、ばらのしげみなどをよけて道がつづき、その先に、古い石づくりの建物《たてもの》がありましたが、そこまで行くまえに、

「いやあ、ナナリ先生ですか」

夕日のかげのなかから、作業用の帽子《ぼうし》をかぶった老人《ろうじん》が、声をかけてきたのです。

「あ、もしかして長老《ちょうろう》でいらっしゃる」

行きすぎようとしていた先生とニーダは、あわてて、そのひとのほうに向きなおりました。

「ラーセンです」

帽子《ぼうし》をとったその顔は、たしかに長老《ちょうろう》というにふさわしい、なめし革《がわ》のような風格《ふうかく》がありました。

「お茶でもいれましょう。なかへどうぞ」

長老《ちょうろう》は、建物《たてもの》をさししめしていいましたが、先生は、いえ、おかまいなく、庭仕事をつづけながらでも、お話をうかがえたら、といいました。

「麦の光のことでしたな」

ラーセン長老《ちょうろう》は、きれいにかりそろえた植えこみから、はみでている細い枝《えだ》を、よくよくしらべてから、はさみで、ぱつん、と切りました。

「そうです。図書館の資料《しりょう》で、麦の光については長老《ちょうろう》の家にあらゆることがいいつたえられる、と知りました。ごぞんじのことを教えていただけたら」

先生は、いいました。

「ぼくが、演奏《えんそう》するんです」

ニーダは、せのびするようにして、いいました。「演奏会《えんそうかい》まで、もう一ヶ月ないのに、どうやって音を出したらいいのかもわからなくて」

「おお、それはさぞこまっておろう」

長老《ちょうろう》は、ニーダを見て、いいました。それから、枝《えだ》をじっくりしらべ、また、はさみで、ぱつん、と切ります。こんなにゆっくり切っていたら、ひととおりかかり終わるまえに、新しい枝《えだ》が生えてくるんじゃないか、とニーダは心配になりました。

「麦の光には、こういういいつたえがある」

長老《ちょうろう》は、つぶやくように話しはじめました。植えこみをしらべながらなので、まるで葉っぱの奥《おく》の毛虫にでも語りかけているようでした。

「はるかむかしのことだ。せなか島で、ひどい日照《ひで》りの夏があった。作物は枯《か》れはて、このままでは、ひとばかりか、どうぶつたちも生きのびられないといわれた。まるでせなかを火鉢《ひばち》であぶったような暑さ、という、いまでも使ういいまわしは、このときにできたとつたえられておる」

ぱつん、と、長老《ちょうろう》は、ここで枝《えだ》をひとつ切りました。

「そのときに立ちあがったのが、伝説《でんせつ》の建築家《けんちくか》、モルトンだった。かれは、見張《みは》り塔《とう》や、図書館など、いまでもせなか町に残るたくさんの建物《たてもの》を建《た》てておる。モルトンは、三日《みっか》三晩《みばん》のあいだ、すがたをくらました。帰ってきたときには、ふしぎなかたちをしたものをもっておった。畑や、森

や、山など、さまざまな場所を歩きながら、あらゆるものの声を聞き、材料《ざいりょう》をあつめ、つくった楽器《がっき》だという」

ぱつん、と、枝《えだ》を切りました。

「モルトンは、町じゅうの楽器《がっき》をあつめさせ、そのふしぎな楽器《がっき》とで、合奏《がっそう》をした。それは夢《ゆめ》のようなすばらしい音楽で、町のあらゆるいきものがだまって耳をかたむけ、町じたいも耳をすましているかのようだった。そのときだった。ぽつ、ぽつ、と、雨が降《ふ》りはじめたのは。そうして、演奏《えんそう》をしつづけた三日三晩《みっかみばん》のあいだ、恵《めぐ》みの雨はやむことがなく、作物はいきおいをとりもどした。三日をすぎたとき、たっぷりと穂《ほ》をふくらませた麦畑が、光りかがやくように見えた、という」

そういうと、長老《ちょうろう》は、満足《まんぞく》そうにうなずき、ぱつん、と、枝《えだ》を切りました。

「終わりですか」

ニーダは、いった。

「そうだよ。これでいいつたえは、ぜんぶだ」

かんじんの演奏《えんそう》のしかたは、まるでわからなかったので、ニーダは、がっくりと力がぬけてしまいました。

「いやあ。知りませんでした。麦の光にそんなふかい、いいつたえがあったとは」

先生は、いいました。

きちょうなお話をうかがいました、と、お礼をいい、ニーダをひっぱって、長老《ちょうろう》の屋敷《やしき》をあとにしました。

「どうも、あきらめるしかなさそうだなあ」

ナナリ先生は、なぐさめるように、ニーダの頭をぽんとたたきました。

ニーダは、なまへんじをしながら、なにかおもいつめたように、日の暮《く》れかけた道を帰っていったのです。


つぎの日の放課後《ほうかご》、音楽室にニーダのすがたはありませんでした。楽器《がっき》をもって、校庭などの広いところで練習している生徒《せいと》はほかにもいましたし、帰るころにはニーダもどこかからもどってきて、奥《おく》の棚《たな》に麦の光をしまっていましたので、ナナリ先生はさほど気にしていませんでした。

ニーダには、おもいついたことがあったのです。

その日、ニーダは、学校からぬけだすと、ちいさな雑木林《ぞうきばやし》のなかに立ちました。そうして、麦の光を、ふったり、まわしたり、こすったり、ひっかいたり、まるで、林じたいに聞かせようとしているかのように、しばらくやってみました。

やがて、そのかんじがやってきました。両手ではさむようにして、五本の指で、表面のでこぼこをひっかくようにしているうちに、麦の光は、ゆっくりとまわりだしました。あいかわらず、音が鳴ることはありませんでしたが、木々《きぎ》のなかで、そうしていっしんにためしていると、じぶんがいっぽんの木にかわってしまい、その木になった実が、麦の光であるような、ふしぎな気もちになりました。

「ふう」

ニーダは、どこでなにをしているのか、すっかりわすれていたようです。われにかえって、ため息をついたとき、あたりは、まっ暗になっていました。ほんの少しまえまで、木々《きぎ》のすきまから、ななめの光はさしていたのです。おかしいな。あたりを見まわし、ニーダは、

「わっ」

とさけびました。

そのしゅんかん、おそろしいはばたきの音がして、かぶせていた布《ぬの》をはがすように、

空が明るくなったのです。いつのまにか林の枝《えだ》をびっしりとうめつくしていた、ツグミの大群《たいぐん》が、いっせいに飛《と》びたったのでした。

つぎの日、ニーダは、せぼね通りをせに、北むなびれが原の道をどんどん歩きました。風の強い日で、赤くそまったかえでの木《こ》の葉《は》が、炎《ほのお》のようにゆれていました。たどりついたのは、せなか島でひとつだけのちいさな湖です。魚が住めないくらいすみきった、うつくしい青色だったので、せなかの宝石《ほうせき》とよばれていました。

ニーダは、その宝石《ほうせき》の岸辺《きしべ》にしずかに立ちます。そして、昨日《きのう》、林のなかで木々《きぎ》や楽器《がっき》とひとつになった、その気もちをおもいだしながら、麦の光をむねのまえにかまえました。

そのまま、両手ではさみ、ちいさいとげのようなでこぼこを、五本の指でひっかくようにしていると、しぜんにむねのまえで、麦の光は、すこしずつ、すこしずつまわりはじめるのでした。

ときどき、その回転がしぜんにはやくなり、はずむように、手もとからにげだしそうになります。そんなとき、ニーダは、ぴちぴちした魚をつかまえるように、麦の光を両手でかかえました。ニーダのうでとむねのあいだで、麦の光は、こまかく、こまかく、ふるえているのがわかりました。その動きをかんじているうちに、じぶんのからだまでが、いっしょになってまわりの空気をふるわしていくようにおもえました。

いつのまにか閉《と》じていた目をあけると、湖が、こまかく波立っています。吹《ふ》いていた風のせいではなく、まるでいないはずの小魚がさわぎたてているように、さまざまなほうこうにしぶきがあがっています。

やっぱり音は出ませんでしたが、ニーダは、しばらく、湖面をなでてくる風に吹《ふ》かれながら、麦の光を奏《かな》でていました。

またべつの日、ニーダは、南むなびれ森のほうに出かけていきました。森のとば口のあたりで、楽器《がっき》を持ちました。林で見つけたかまえかたをし、湖で見つけた楽器《がっき》のふるわせかたをしてみました。

あいかわらず、音は出ませんでしたが、ためしながら耳をすましていると、森のうえのほうを通うかぜの音や、それにまじった鳥の声、すこしはなれた川のせせらぎ、アシのゆれる音などが、音楽のように聞こえてきて、まるで、それを奏《かな》でているのが、手のなかの麦の光であるかのようにおもえてきました。

そのとき、がさっとしたばえがゆれて、森の暗がりのなかから、おおきなかげがあられました。クマだ、ニーダはおどろきました。

「はじめて見た」

これは、ニーダではなく、クマのことばです。「そんな楽器《がっき》があると聞いたことはあったが」

「ぼくも、はじめて見た。口がきけるクマがいるって、聞いたことはあったけど」

ニーダは、いいました。

「すべてのクマは口がきけるさ」

クマは、つまらなそうにいいました。「ただ、べつに、ひとのことばを話そうとおもわないだけで」

「ふうん。この楽器《がっき》を知っているの」

ニーダは、あまりきたいをしていませんでしたが、きいてみました。

「おじいさんの、おじいさんの、そのまたおじいさんの、ずっとまえのおじいさんから、つたわっている話がある」

クマは、片手《かたて》を、かたわらの木のみきにつくと、語りだします。「むかしむかし、世にもうつくしい音色を奏《かな》でる楽器《がっき》があったとね。その楽器《がっき》が音楽を奏《かな》でるとき、い

きとしいけるものや、いきていないものまでが、こころをふるわすそうだ。むかし、いちど演奏《えんそう》されたときは、空までがなみだをこぼしたらしいぜ」

「ああ。それって、この麦の光にちがいないよ」

ニーダの顔は、ぱっとかがやきましたが、すぐに、くもったのです。「ごめんね。でも、かんじんの演奏《えんそう》のしかたがわからないんだ。ぼくには、聞かせてあげることができない」

「は」

クマは、いいました。そして、おそろしい声をあげました。がわわう、がわわう、ごわわう、ごわわう。ニーダは、かみつかれるかと、びっくりしましたが、わらっているらしいとわかりました。

「いやあ。これは、けっさくだなあ。そうかそうか」

「なにがそんなにおかしいの」

ニーダは、きょとんとしています。

「おれは、きょう、森にしずかにあふれてくる音色を聞いて、たましいがとろけそうだとおもった。むねがほらあなになったみたいにわんわんひびいて、クマのたましいは、こんなところにあるんだって、はじめてわかったくらいだった。どうぶつだけじゃない、むしも、木も、花も、もういのちの消えた落ち葉も、石くれも、森じゅうが聞きほれていたよ。こんなうつくしい音楽が、にんげんたちにだけ聞こえていないなんて、おかしくって、おかしくって」

そして、演奏会《えんそうかい》の当日です。

南せなか小学校の体育館には、朝からお客さんがつめかけています。

まず校長先生のあいさつがありました。そして、商店街《しょうてんがい》のなかまのギター演奏《えんそう》や、親たちのコーラスなどの出しものがありますが、主役は、もちろん生徒《せいと》たちの合奏団《がっそうだん》なのです。

「きんちょうするなあ」

などと、舞台《ぶたい》のうらでいいあっているプラッケたち。

「ニーダは、けっきょく音を出せなかったんだろ」

「まあね」

ニーダは、いいました。

「ざんねんだったけど、まあ、すわってるだけでいいとおもえば、気らくともいえるさ。かわってほしいくらいだぜ」

プラッケは、元気づけるようにわらいました。

「さあ、お待たせいたしました。わが南せなか小の上級生による演奏《えんそう》です」

司会《しかい》の先生の声がひびき、拍手《はくしゅ》が起きます。生徒たちは、それぞれ、一ヶ月間、練習してきて、だんだんじぶんの相棒《あいぼう》のようにおもえてきた楽器《がっき》を手に、そでからステージに出ていきます。

それぞれの場所はあらかじめ決められています。生徒《せいと》たちはじぶんのいすに腰《こし》かけ、楽器《がっき》をかまえました。そこに、いっちょうらをきたナナリ先生が出てきました。ナナリ先生が、指揮《しき》をするのです。

ニーダは、先生のまんまえ。つまり、合奏団《がっそうだん》のまんなかでした。

雑木林《ぞうきばやし》をおもいだし、せなかの宝石《ほうせき》をおもいだし、森のしゃべるクマをおもいだしながら、麦の光を、そっとむねのまえにかかげます。

ナナリ先生は、満員《まんいん》のお客さんに礼をしてから、生徒《せいと》たちに向きなおり、指揮棒《しきぼう》をあげました。

　ニーダは、むねのまえで、麦の光のこまかなでこぼこに、指をはわせます。ひとつひとつ、まるで、せなか島のきおくをたどるかのような指の動きに、しずかに麦の光はまわりはじめました。
　はじめに気づいたのは、だれだったでしょうか。
　プラッケは、練習してきた銅《どう》のたてぶえが、べつの楽器《がっき》になったのかとおもいました。ふえの音が、高く、高く、じぶんの頭のうえからのび、体育館の天井《てんじょう》をつきぬけ、風にまう凧《たこ》のように、糸をぴいんと引いて空にのぼっていくようなのです。
　デイジーは、じぶんのうでまえが、いつのまにじょうたつしたのかしら、と、たじろぎました。かねのひびきが波になって、耳をかたむける観客《かんきゃく》たちが、湖の波紋《はもん》のようにさざめいていくのがわかりました。

合奏団《がっそうだん》のほかの生徒《せいと》たちも、おどろきました。そのあと、とくいになったり、こうふんしたり、じぶんの奏《かな》でる音に、じぶんがはげまされるように、ますます演奏《えんそう》に気もちがこもっていきます。

曲が中盤《ちゅうばん》をすぎたころ、さらに、音は、ひとつのいきもののように、束《たば》になって、うねりだしました。

観客《かんきゃく》のなかで、これはふつうじゃないと気づいたのは、ちいさなラミーがさいしょだったかもしれません。ラミーは、めがねやのモロフさんの赤ちゃんで、まだ一歳《さい》です。奥《おく》さんのうでのなかで、だー、あー、とだだをこねていたのが、生徒《せいと》たちの演奏《えんそう》がはじまったとたん、しゅふーとため息をつき、うっとりと目を閉《と》じたのでした。

おとうさんや、おかあさん、町のひとびとが気づいたのは、そのあとでした。みなは、子どもらがまじめにやってるかどうか見にきただけで、演奏《えんそう》にさほどきたいしていなかったからです。

たてぶえとよこぶえの、すきとおった音にむねをつらぬかれ、革職人《かわしょくにん》のグナッチは、食べていたふかしイモをのどにつまらせました。てっきんともっきんのひびきが、ささやくようにからみあったとき、せなか小町《こまち》とよばれる、たばこやのラタニヤさんの瞳《ひとみ》はなみだにおおわれました。そして、てふうきんが、嵐《あらし》のように吹《ふ》きあれると、口をあんぐり開けるもの、こぶしをにぎりしめるもの、目を閉《と》じて首をゆらゆらさせるもの。

デイジーのかねのひとうちがひびきわたり、曲が終わっても、そのことに気づかない観客《かんきゃく》は、しずまりかえっていました。つぎに起こった、拍手《はくしゅ》と歓声《かんせい》は、せなか島がびっくりして海のうえを動いちまいそうなくらいだった、となん年も語りつがれたほどでした。

しかし、いちばんおどろいていたのは、ナナリ先生だったようです。演奏《えんそう》が終わると、指揮棒《しきぼう》をかざしたまま、観客《かんきゃく》のほうをふりかえり、礼をしようとして、その場にばったりたおれ、かけよったほかの先生たちに、舞台《ぶたい》そでに運ばれていきました。

いったいなにが起こったのでしょう。

ニーダだけは、わかっていました。クマはこういったのです。麦の光が奏《かな》でられるとき、いきとしいけるものや、いきていないものまでが、こころをふるわすそうだ、と。

ひとには聞こえないこの楽器《がっき》は、なんのためにつくられたのか。ニーダは、ひとりごとをいいました。

「麦の光は、ほかの楽器《がっき》に聞かせるための楽器《がっき》なんだ」

かっさいのよいんは、まだ体育館にひびいています。ざわざわと感想を口にしあう声が、熱《ねっ》っぽい空気にまじっています。

「そうだよね」

こうふんして顔を上気させながら、舞台《ぶたい》そでに、さがる生徒《せいと》たちにまじって、ニーダは、麦の光にちいさな声で語りかけました。きみはまわりの楽器《がっき》を、はげまし、まとめあげるために、ぼくらには聞こえない音楽を奏《かな》でているんだ。だから、ふえも、かねも、たいこも、てふうきんも、こんなにうつくしい声で鳴ってくれたんだ。麦の光。ずっと気づいてあげられなくて、ごめんね、と、ニーダはささやきました。

どこからきたのでしょう、体育館には、屋根が見えないくらい、大小、色とりどりの鳥たちがとまって、目をつむり、羽をやすめ、演奏《えんそう》に聞きほれていました。ネズミや、ウサギ、いぬ、ねこ、シカ、クマなど、さまざまなどうぶつたちが、ふだんのすみかから出てきて、体育館をとおまきにしていました。シカは運動場のすみにうずくまり、クマはのぼり棒《ぼう》によりかかり、こうもりはてつぼうにぶら下がって、おもいおもいに音楽をたのしんでいたのでした。

雲も、音楽を聞きにあつまってきたのでしょうか、空はみるみる暗くなり、演奏《えんそう》が終わるころには、ぽつり、ぽつり、と雨つぶが落ちてきたのでした。

はこねこちゃん

さいしょに見つけたのは、牛乳はいたつのプラッケでした。

せなか町には、数年ぶりの大雪が降《ふ》って、まだとけのこっていました。プラッケは、朝のはいたつを終えて、マッソさんのところに、はこぞりをかえしにいくとちゅうでした。近道をして、南公園をよこぎっていたとき、そのあたりではいちばん高いネムイの木のねもとに、だっこされるように、はこねこはいたのです。風のぴしぴしいう、こんなこごえてしまいそうな日も、その木のしたは、青々とした草が雪をとかすようにのびていて、春みたいにあたたかそうでした。

「はこねこちゃん。はこから出ておいで」

プラッケは、よびかけます。

ただしくいいますと、ネムイの木のしたに、プラッケが見つけたのは、小さなはこでした。そのなかに、どうしてもねこがいる、とプラッケはおもったのです。

まだ雪が降《ふ》っているかのように、きらきら光る朝の空気のなかで、なんどもなんど

もプラッケは呼《よ》びました。

「はこねこちゃん、出ておいで」

うんとも、すんとも、にゃんともいいません。

プラッケはあきらめて、空《から》になったそりを引きはじめました。きっとかわいいだろうなあ。はこにはいったねこなんて。かわいくて、かわいくて、見つけたぼくになつくにきまっている。

かるくなったそりは、かたくなった雪のうえで、ささやくような音をたてます。家に帰ったら、おかあさんが、仕事先の裁縫屋《さいほうや》に出かけるまえに、朝ごはんをたべて、いもうとのマイナと学校へ行くしたくをしなければなりません。いつまでも、はこにはいったねこにかかずらわってはいられませんでした。

南公園をぬけて、せびれ通りに出る手まえの路地に入ります。消防士《しょうぼうし》のバリアンが、スコップで道のはしに雪をよせていました。日あたりがわるく、雪がとけのこって道をふさいでいます。このあたりは、おとしよりの住まいがおおいので、雪かきもはかどらないのです。

「プラッケ。おはようさん」

「おはよう。バリアンにいちゃん」

プラッケとバリアンは、年ははなれていますが、近所の幼《おさな》なじみでした。

「消防士《しょうぼうし》なのに、火も消さないで、雪をかたづけてるのかい」

「なまいきいいやがって」

バリアンは、スコップでつつくまねをして、いいました。

「火事のとき、道がふさがってたら、かけつけられない。除雪《じょせつ》も消防《しょうぼう》のうちなんだ」

「ほんとはひまなんだろ」

「ばれたか」

バリアンは、笑《わら》いました。

「消防士《しょうぼうし》がひまなほど、すばらしいことはない」

火事になったら　雪はとけ
雪がふったら　火はきえる
きょうは　どっちにいこうかな
あっちで　あちち

こっちで　つめてえ

夜明けすぐのしずかな路地に、バリアンとくいの歌が、じまんのほがらかな声でひびきわたりました。

「にいちゃん。まだねむっているひともいるんだよ」

プラッケは、へんな歌詞《かし》に笑《わら》いながら、注意しました。

「そうか。そりゃいかん」

バリアンは、かたをすくめます。

「そういえば、さっき南公園を通ったら、ネムイの木のしたに、はこねこがいたよ。どうしてもはこから出てこないんだけど」

プラッケは、ぽつりともらしました。

気もちよく歌い終えて、つぎの路地に歩いていきかけたバリアンは、ふりかえっていいました。

「はこねこだって。なかで、にゃんとでもないたのか」

バリアンは、ききます。

「なかない」

「たてながの黒目でもみえたのか」

「見えない」

「なら、どうしてネコがはいってるとわかる」

バリアンは、つきたてたスコップに、よりかかって、いいました。

「さあね。気になるなら、じぶんで、はこから出してみたらいいのさ」

そう、プラッケはいって、そりを引きだしました。

バリアンは、雪かきを終え、お昼を食べに帰るとちゅうに、わざわざ南公園を通ってみました。ネムイの木のねもとに、たしかに、それらしいはこがあります。あたりに雪がのこるなか、はこのまわりだけ、土としたばえの草があらわれていて、まるでネムイの木に、あたたかくまもられているようでした。
バリアンは、じまんのすばらしく通る声で、よびかけます。

はこねこちゃん

おーい
はこねこちゃん

うんとも、すんとも、にゃんともいいません。

「ふむ」

バリアンは、その場で、とくいの歌を、作りました。

はこねこちゃん
でておいで
とびでておいで
はこのそと
おそとは
たのしいことばかり

このよは
すてきなことばかり

とけかけては、またこおった雪の表面は、石英《せきえい》のように、ぎざぎざとして、高くのぼった日にまばゆくかがやいていました。その向こうに、ちょんとおかれたはこが、ぴくりと動いたように見えました。バリアンは、息をのんで、待ちました。しかし、なにも起こりません。雪の照《て》りかえしで、水のなかのように、はこがゆらゆら光っていたのを、見まちがえたのかもしれません。

「ようし」

はこねこちゃん
でておいで
とびでておいで

はこのそと

いつも持ち歩いているバケツから、手まわしサイレンをとりだし、うーうーならしはじめたから、たいへんです。

町じゅうのひとが、火事とおもって、おおさわぎ。水のバケツや、たらいをもって、公園にあつまりました。

「火事はどこ」

「バリアン、火はどこだ」

手まわしサイレンを伴奏《ばんそう》に、気もちよく歌っていたバリアンは、われにかえり、あたりを見まわしました。かけつけたたくさんのひとが、じっとにらんでいます。バリアンは、手まわしサイレンを、そっとバケツにしまい、うなだれてしまいました。そのあと、署長《しょちょう》によびだされ、大目玉をくったのでした。

その一件《いっけん》いらい、バリアンが歌でさそいだそうとした、はこねこは、町のうわさになりました。とつぜんあらわれたふしぎなはこねこを見ようと、ネムイの木を、見物

人が遠まきにしはじめました。

なかよしのニーダとデイジーも、ひと目見ようと、さっそく、学校帰りに、公園により道します。ネムイの木をとりまいたひと垣《がき》のすきまからのぞきながら、ニーダは、いいました。

「あれが、はこねこだぞ」

「わあ、ほんとだ。どうしたって、はこから出てこないんでしょ?」

デイジーは、いいました。「ねこってのは、はこにはいるのが、だいすきなの。なかなか出てくるもんじゃないわ。あたし、ねこについては、ちょっとくわしいのよ」

ふーん、と、ニーダは、すこし考えてから、

「ねこだって、ともだちがほしいに決まってる。なかまがいたら、あそびたくなって出てくるさ」

にゃーおーん
にーあーな
なーごー

なーごー

ニーダは、とくいのねこの鳴きまねをはじめました。とつぜん聞こえてきた鳴き声に、ほかにもねこがいたのかと、見物人たちが、きょろきょろと、足元をさがしはじめたほどでした。

ニーダは、ひと垣《がき》をかきわけ、はこに向かって、にゃんごろ、にゃんごろ、と、のどをならします。子どものものまねとわかって、おとなたちは笑《わら》いましたが、いまにも四つんばいになって、顔でも洗《あら》い出《だ》しそうな、はくしんの演技《えんぎ》に、見物人たちは、もしかしたら、はこねこがさそわれて出てくるかも、と期待しました。

しかし、そのニーダのがんばりにもかかわらず、はこはぴくりとも動きませんでした。

「はあ」

がっくりと、ニーダは、雪のなかにたおれこみました。

「つかれた」

「ぼうず、うまいもんだ」

「かつぶしでもやろうか」

おとなたちは、どっと笑《わら》い、拍手《はくしゅ》が起きました。けっきょく、はこねこは、はこから、出てきませんでした。


「ちょっとどいてくんな」

そこにやってきたのは、モロフさん。商店街《しょうてんがい》のめがねやのご主人です。ひと垣《がき》のまえに出ると、ポケットから新聞紙をとりだします。

「モロフ、新聞なんかどうするつもりだい」

「字がよく見えるめがねの宣伝《せんでん》かい」

と、みんなは、はやしたてます。

「まあ、見てな」

モロフさんは、ゆっくり、目のまえで新聞を広げました。

「うちのねこは新聞がすきでな。まいあさ、がさがさやってると、うえにのって、かならず読むのをじゃまするのさ」

ネムイの木に向かって立つと、がさっ、と音をたてて、新聞をめくりました。

「はこねこちゃんや」

がさがさ。

「さあ出ておいで」

がさがさがさ。

はこも、見物人も、しいんとしています。

「おほん」

モロフさんは、せきばらいをし、あらためて、さいしょのページから、さいごのページまで、ゆっくり、いち枚《まい》ずつ、めくっていきました。はこのなかまでは、聞こえていないのかと、こんどは、新聞紙を持ちあげて、ばさっ、ばさっと、おおきくふりはじめました。

「ほうら。乗っかりたいだろう。おまえのすきな新聞さ」

しまいには、はこのまえに新聞をしいて、すわりこんでみたり。そうこうしているうちに、新聞紙は雪でぬれ、とうとうやぶけてしまいました。
はこねこちゃんは、はこから、出てきませんでした。

「このようなことは、ひじょうにきょうみぶかいことですな」

ひと垣《がき》をかきわけてきたのは、せびろの男性《だんせい》でした。

「あ。リロフ先生」

デイジーが声をあげます。

「さて、みなさん。にんげんとともにすごすようになったどうぶつを、なんというかごぞんじでしょうか」

リロフ先生は、ネムイの木をせにして、ひと垣《がき》に向きなおり、話をはじめました。ふだんの歴史《れきし》の授業《じゅぎょう》とまるでいっしょだわ、デイジーはおどろきました。チョークのついた手で、もみあげをしごくのがくせなので、いつも右のもみあげだけ白髪《しらが》のようになっているのです。

「そのとおり。かちく、ですね」

だれもこたえていませんが、それもいつもの授業《じゅぎょう》とおなじです。

「ウシや、ウマ、ヒツジなど、野生からかちくになったものは、いく種類《しゅるい》かおります。ですが、じぶんから望《のぞ》んでにんげんに近づいてきたものは、歴史上《れきしじょう》、ねこだけなのです」

ほおー、という声があがりました。リロフ先生は、ささっと、もみあげをかきあげます。気をよくしたときのくせでした。

「こうした歴史《れきし》からも、ねこがにんげんのいうことを、けっして聞かないどうぶつであることがわかります。さらに、ねこというものが、このようなせまいはこに入るのをたいへん好《この》むことも、歴史上《れきしじょう》、知られています。では、どうするか」

リロフ先生は、見物人の顔を、ゆっくり見まわしました。

「そのとおり」

先生は、大きくうなずきました。リロフ先生しか聞こえない声が聞こえているのかしら、と、デイジーはときどきおもいます。

せびろの内ポケットから、なにかをとりだしました。木の枝《えだ》のようなものに、黄緑色の長細い実がぶらさがっています。

「じぶんから、出てくる気にさせるしかありません。そう、歴史上《れきしじょう》、またたびのにおいにつられて、おどりださなかったねこはいないのです」

というと、またたびを片手《かたて》で、ひらり、ひらり、と動かしはじめました。ときどき、もみあげを、さっと、なでては、またたびを、ひらり。

みんなは、しいんとして、見まもっています。

またたびを、ひらり。もみあげを、ささっ。

きっと、このまたたびおどりも、なにかの歴史上《れきしじょう》の本に書かれているんだわ、とデイジーは、おもいました。

まるで授業《じゅぎょう》のときのように、だれかが、あくびをもらしました。授業《じゅぎょう》ほど長くはありませんでしたが、かなりの時間がすぎました。ネムイの木のまえのはこは、けっきょく、ぴくりともうごきませんでした。

「みなさん、わたしたちは、おおきな発見をしました。これは、歴史上《れきしじょう》、またたびにおどりださなかった、はじめての、おそらく新種《しんしゅ》のねこであります」

リロフ先生は、息をきらしながら、そういいました。


りっぱなからだをゆすぶりながら、ひと垣《がき》をおしのけて、あらわれたのは、ルビナおばさん。商店街《しょうてんがい》の魚屋のおかみさんです。

「あたしは、魚屋だからね。町じゅうのねこは知り合いみたいなものさ。からだじゅうから魚のにおいが出てるんだろう」

といって、わはは、と笑《わら》いました。

よっこらせ、と、はこんできたちいさな鉄のコンロを、見物人とネムイの木のあいだにおろすと、炭の火をおこし、網《あみ》をのせました。手《て》さげ袋《ぶくろ》から、いわしを二尾《び》、とりだします。

「うちのしんせんな魚は、おとなもこどもも、みんな大好物《だいこうぶつ》。ましてやねこならまちがいない」

じうう、と、かわと、あぶらのやける音。あたりにいいにおいがただよいます。うちわで、ぱたぱた。あぶらが、じうう。

「さあ、はこねこちゃん、出ておいで」

ルビナおばさんは、いわしを、ていねいに、ひっくりかえします。

雪をうっすらとまとった公園の木々《きぎ》のあいだの、つめたい空気のなかを、けむりが、うまそうなにおいといっしょに、広がっていきます。

ぐう、きゅう、と、だれかのおなかのなる音が、あちこちから聞こえてきます。

お魚はいいぐあいに焼《や》きあがりました。それでも、ねこは、出てきませんでした。

「うーん。もしかしたら、かなりの年よりねこかもしれないねえ。さっぱりしたおさしみのほうがよかったかしら」

ルビナおばさんは、エプロンをつけたままの腰《こし》に手をあて、首をひねりました。気づくと、見物人たちは、だれもいません。いいにおいだ、もうがまんできない、と、みんなお昼を食べに帰ってしまったのでした。

つぎの日、見物人は、ますますふえていました。三重、四重にとりまいたひと垣《がき》のなかから、すすみでたのは、重そうなビロード生地の外とうを着た、まだ若《わか》い男。せなか町の町長、ピカール氏《し》でした。見物人とネムイの木のあいだに立ちはだかって、せきばらいをすると、みんなが注目するのを待ってから、すばらしくふかい声で、演説《えんぜつ》をはじめます。

はこねこ　こねこか　おやねこか
しろいか　くろいか　しまねこか

みごと　はこから出したなら
町からほうびを　あたえよう

東のせびれ山　南のむなびれが原
だれでも　あつまれ　知恵《ちえ》だめし

「はこねこまつりを開催《かいさい》することにいたします。日は、一週間後といたしますぞ」

ピカール氏《し》の声は、公園をまだおおっていた根雪にすいこまれることもなく、きらきらとひびきわたりました。大人からは入場料《にゅうじょうりょう》をとればいい。まつりがにぎわったら、こりゃひともうけだ。さいごのひとことは、だれにも聞こえないように、つんととがった外とうのえりのなかでいいました。


町長の宣言《せんげん》は、あっというまに町じゅうの話題になりました。プラッケのいもうとのマイナは、朝からおおはしゃぎしています。

「おまつりだって。ごほうびがでるんだって。はこねこちゃん、どうしたら出てくるかな」

「ほら、いそいで、わすれものないの」

おかあさんは、いそいで、マイナとプラッケをおくり出します。じぶんも、裁縫《さいほう》の仕事に行く時間です。

「あるかないか、わからないから、わすれものなんだよ」

マイナは、いいかえします。

「まあ、そんなのどこでおぼえてくるのかしら」

おかあさんは、笑《わら》っています。

「おにいちゃん、マイナまだねむいよ」

プラッケは、川ぞいの並木道《なみきみち》を、マイナの手を引き、だまってどんどん歩いていきます。道のはしにのこって、かたくなった雪が、さくさく音を立てました。朝早くから、牛乳《ぎゅうにゅう》はいたつの仕事をして、プラッケもねむいのです。今年は、さくらの咲《さ》くのがすごくおくれていて、まだつぼみもふくらんでいませんでした。

はこねこちゃん
でておいで

とびでておいで
はこのそと

おそとは
たのしいことばかり

このよは
すてきなことばかり

マイナがうたったのは、バリアンのつくった歌。もう町じゅうではやっていました。

「ねえ、どうやったら、はこねこちゃんは、おんもに出てくるかな。おにいちゃんならできるかな」

「ばかなこというな」

「どうして、ばかなの」

マイナは、ききました。

「おにいちゃんは知ってる。はこのなかに、ねこなんかいないのさ」

「うそだい」

「ほんとさ」

マイナは、おどろきます。そして、しょんぼりうなだれてしまいました。

いたらいいのにって、おもっただけさ。

プラッケは、むねのなかで、そういいました。


さて、町長の宣言《せんげん》があってからというもの、せなか町はどこへいっても、はこねこまつりの話題で持ちきり。

はこねこちゃんの歌だけではありません。バリアンがちょうしにのってつくった、め

がねやのモロフさんの歌や、リロフ先生のまたたびおどりの歌も、みんなが口ずさみ、町はおまつり気分につつまれていきました。
　そして、いよいよ、その日がやってきました。
　ニーダとデイジーは、待ちきれず、朝から公園にやってきました。公園の入り口のりっぱなアーチを見あげると、わくわくしてきます。ようこそ、はこねこまつりへ、と赤い字で書いてあります。来るとちゅうには、のぼり旗《ばた》も、たくさんひらめいていました。
　公園のなかには、見なれない馬車が、たくさんとまっています。馬のくつわや、あぶみのもよう、また、ほろのかたちが、すこしかわっているので、せなか島の、どこか遠いところから来たのだとわかりました。

デイジーのすきな、肉はさみパンの屋台や、みやげもの屋や見せもの小屋などのテントが、ところせましと立ちならんでいました。

「ニーダ、はこねこだんご、だって」

デイジーは、屋台にならんだ白い四角なおだんごを指さして、目をかがやかせます。

「なにが入ってるかおたのしみって書いてあるわ」

どこのおやしきから来たのか、お金もちらしいご一行や、せなか町では見たことのない奇妙《きみょう》な服を着たひとたちなど、せなか島は広いんだなあ、と、ニーダも、デイジーも、目をまるくしています。

「プラッケもくればよかったのになあ」

ニーダは、いいました。

「ばかばかしいからいくもんかって。がんこなアニキはほっといて、マイナだけでも、つれてきてあげたらよかったわ」

デイジーが、ためいきをつきました。

「さあて、お待ちかね、はこねこまつりを開催《かいさい》いたしますぞ」

この日のために仕立てたのでしょうか、まっ白なせびろとチョッキを着た、町長のピカール氏《し》が、高らかに宣言《せんげん》しました。ラッパの音がし、クラッカーが、そこらじゅうで、パンパンと鳴り、わっと歓声《かんせい》があがりました。

ネムイの木の近くで、金や銀のかざりがついた二頭だての馬車が、ゆっくりとまりました。ひと垣《がき》が、左右にわれます。おつきのものが、馬車のうしろの扉《とびら》をひらくと、ごうせいなドレスのご婦人《ふじん》が降《お》りてきました。

ご婦人《ふじん》は、ひと垣《がき》のあいだに立つと、しずかにほほえんで、こういいました。

「はじめにいいますが、わたくしは、ほうびとやらがほしいわけではございません」

そのとおり、とばかりに、おつきのものがうなずきました。

見物人から、ざわざわと声がします。あれが、有名なオゴザール夫人《ふじん》なのね、デイジーも、おどろきました。森のなかの、お城《しろ》のような家に住んでいると聞いたことがあります。

「スカラー」

夫人《ふじん》がよびかけると、おつきのものは、手のひらにのせた小箱をさっと出し、ふたを開けました。

「これはわがオゴザール家に代々《だいだい》つたわる、ねこなでの鈴《すず》です」

夫人《ふじん》がつまんだひもの、その先にぶらさがった鈴《すず》は、なんともきらびやか。赤《あか》ん坊《ぼう》のげんこつほどの銀細工で、小鳥たちのまわりに、ツルバラをあしらった、こまやかな彫刻《ちょうこく》がほどこしてありました。

「ほんとうであれば、持ちだすことのならない家宝《かほう》ですが、このたびは、友人のピカール町長のねがいとあって、こうして蔵《くら》から出され、日の光をあびることとなったのです」

ぱっち、ぱっち、と、はげしい拍手《はくしゅ》がしました。よく見ると、たたいているのは、ひとごみのむこうの町長でした。

「この鈴《すず》は、どんないきものもうっとりさせる音色を奏《かな》でるのです」

夫人《ふじん》は、白手袋《しろてぶくろ》でつまんだ鈴《すず》のひもを、ゆらしはじめました。

ち　りいん
ち　　りりいいん
いいい　ち　り　いん

「わあ」

おもわず、ニーダも、デイジーも、ためいきをもらします。

寒さにかわいた空気が、しっとりとうるんだよう。見物人のなかには、この世のものともおもえぬひびきに、じぶんがいちばんしあわせだったころをおもいだし、なみだをうかべるものもいました。

気がつくと、公園の鳥たちも、夫人《ふじん》のまわりの木の枝《えだ》にあつまって、耳をかたむけています。

ぎし、ぎし、という音も、あちこちから聞こえます。ニーダが首をのばして見まわすと、とめてあった馬車の馬たちが、鈴《すず》の音色にひかれて、すこしでも近よろうとしているのでした。

夫人《ふじん》は、さらに、大きく鈴《すず》をふりました。

「さあ、はこねこちゃん、出ておいで」

ち　りいん

ち　りりいいん
　いいい　ち　り　いん

はこは、ぴくりともしません。

「はこねことやら、出てきてくれたら、うちのおやしきねこにしてあげますわよ」

夫人《ふじん》は、はげしく鈴《すず》を鳴らしはじめます。

ちりん　ちりちりちりちりちっ

うんとも、すんとも、にゃんともいいません。

「はて、この鈴《すず》の音もわからぬとは、よっぽどそだちのわるいのらねこのようですわ」

かけよって、しきりに頭をさげる町長を、ふりむきもせず、オゴザール夫人《ふじん》は馬車に乗りこみ、さっさと帰っていきました。

ひと垣《がき》のむこうから、にぎやかな音楽が近づいてきました。アコーディオンをひきながら、蝶《ちょう》ネクタイに、ちょびヒゲの男がやってきます。それにあわせて、ゆっさゆっさと、たくましいからだをゆさぶって、歩いてきたのは、ニーダもはじめて見るような大男でした。

もろ肌《はだ》ぬぎの大男が、左手にもったたいまつに、いっきに息を吹《ふ》きかけると、まるで口から吹《ふ》きでたように、炎《ほのお》がはしり、見物人は、わっと、にげまどいました。

「わっはは」

大男は、むねの筋肉《きんにく》をゆすって、わらいました。

アコーディオンをひいていたちょびヒゲは、演奏《えんそう》をやめると、シルクハットをとり、

「わたしは、サーカスの団長《だんちょう》。こやつは、わがサーカスのにんきもの。火《ひ》吹《ふ》き男《おとこ》でござーい」

ていねいにおじぎをしました。拍手《はくしゅ》と歓声《かんせい》が、うわー、と起こります。

「この男、らんぼうものに見えますが、なかなかの知恵者《ちえしゃ》にございます。はこねこちゃんを、たちまちのうちに、はこから出してごらんにいれましょう」

といって、ジャー、スー、ジャー、とアコーディオンを鳴らしました。

火《ひ》吹《ふ》き男《おとこ》は、両手をあげると、大声で、こういいました。

「この世のけもののというけもののは、みな火がにがてよ。ねこもいっしょと決まっておるぞ」

空にかざしたたいまつに息を吹《ふ》きかけると、ふとい火柱があがりました。枝《えだ》のうえの鳥たちがいっせいににげさりました。

火《ひ》吹《ふ》き男《おとこ》は、ネムイの木をめがけて、ぼう、ぼうと、火を吹《ふ》きはじめます。

「さあ、はこねこちゃんとやら、はやくそのはこからにげださんと、やけねこちゃんになっちまうぜ」

アコーディオンが、ジャー、スー、ともりあげます。見物人の輪《わ》は、あまりの熱《あつ》さにこりゃたまらんと、どんどんうしろにさがりはじめました。

「だいじょうぶかな」

ニーダは、はらはらしはじめました。

「はこねこちゃん、早くにげて」

デイジーが、おもわず声をあげます。

はこは、炎《ほのお》に照《て》らされて、ゆらゆらと動いているように見えます。火《ひ》吹《ふ》き男《おとこ》は、しゃかりきに火を吹《ふ》きどおしです。

ごうごうという炎《ほのお》の音が、ぱたっと、やみました。火《ひ》吹《ふ》き男《おとこ》は、ぜいぜいと息を切らしていました。

「だめかあ」

ニーダは、いいました。

そのとき、だれかが、あっといいました。火《ひ》吹《ふ》き男《おとこ》のまわりの雪がとけ、枯《か》れ草《くさ》が燃《も》えはじめています。

うー、と、手まわしサイレンの音がして、消防士《しょうぼうし》のバリアンがかけつけました。

「はい、どいてどいて」

手まわしポンプにつないだホースで、いっきに水をまきます。つかれはてた火《ひ》吹《ふ》き男《おとこ》と、団長《だんちょう》は、うえからしたまでぬれねずみになりました。

くしゃみをしながらふるえているふたりのまえに、むねまであるりっぱなひげの男が、何人かの若《わか》い男たちと、おおきな荷車を引いてきました。

「さあ、きみたち、出番がすんだら、はやくどきたまえ。はこねことやらも気のどくさ。そんなにおおさわぎしたら、出たくたって出られんだろう」

男が荷車にかかっていたむらさきの幕《まく》をそうっととりさると、おもちゃのような建《たて》物《もの》があらわれました。

「なんてすてき」

デイジーは、おもわず声をあげました。ままごとの家のようでしたが、よく見ると気が遠くなるほど手のこんだ、ひとつの工芸品《こうげいひん》でした。三角の屋根は、つめの先ほどのオレンジ色のかわらでふかれています。絵はがきくらいの窓《まど》には、ひとつひとつちがった色ガラス。門には、砂粒《すなつぶ》ほどのこまかな宝石《ほうせき》でふちどられた扉《とびら》。ちいさなねこのためにつくられた、ちいさなおやしきなのでした。

「はじめてお目にかかります。わたしは建築家《けんちくか》のドランヌです」

まるであごのしたに子グマをぶらさげているようなすごいひげでしたが、声を聞いたら、まだ若《わか》いようでした。

「わたしのことは知らなくとも、せなか町郵便局《ゆうびんきょく》や、南公園の休憩所《きゅうけいじょ》、オゴザール夫《ふ》人《じん》のおやしきなど、わたしの手がけた建築《けんちく》は、きっとごぞんじでしょう。みなさんに愛《あい》される建物《たてもの》ばかりです。たとえ、それが、かわいいにゃんこだとしても、きっとそこに住みたいとおもうはずです」

ドランヌの弟子たちの手で、しんちょうに荷台からおろされていく、はこねこのためのおやしきは、木《こ》もれ日《び》と、雪の照《て》りかえしをうけて、はげしくきらめきました。見物人たちからもれたためいきで、とけのこった雪のうえの氷のかけらが、きらきらまいあがったくらいでした。デイジーも、おもわず、うめき声をあげます。

「なんなの。ねこなんかにやるのは、もったいないわ。あたしが住みたい」

デイジーは、いぜんねこに名まえをとられてからというもの、対抗《たいこう》する気もちがあるのです。

かがやくねこやしきが、ネムイの木のまえにすえられるあいだ、ひとびとは、息をひそめて見まもります。神々《こうごう》しさに、手を合わせるおじいさんもいました。

「さあ、はこねこちゃん。出ておいで、おまえのうちさ。新築《しんちく》だよ」

おやしきのなかからオルゴールの音楽が聞こえてきました。やねについた三つの天窓《てんまど》が

開き、おもちゃのハトが三羽とびだして、ポポポーと鳴きました。

「なんてかわいいの」

お姫《ひめ》さまの住むようなごうかなねこのおやしきに、いまにもとびつきそうにわなわなしているデイジーのうでを、ニーダはあわててつかまえました。

「はこねこちゃん、そんなぼろっちいはこより、このおやしきのほうがあったかいですぞ」

建築家《けんちくか》は、いいました。

はこは、うんとも、すんとも、にゃんともいいませんでした。

こんどこそは、とおもった見物人も、しいんとしています。

そのうち、じょうとうな木材《もくざい》のにおいでもするのでしょうか、冬眠《とうみん》からさめたばかりのリスの親子が、枝《えだ》から屋根に飛《と》び降《お》りて、かりかりかりかじりだしました。きらきらした光にさそわれたのか、カラスも空からねらっています。

「しょせんは、ねこですな。せまくて、きゅうくつなほうがおちつくのでしょう。どうやらわたしの建築《けんちく》は、りっぱすぎたのかもしれません」

建築家《けんちくか》のドランヌは、おやしきを荷車にのせなおして、こそこそとたちさりました。

「きゃあ」

という、ひめいが、見物人のうしろからあがりました。

「これならどうだ」

やって来たのは、さきほどの火吹《ひふ》き男《おとこ》。つれてきたのは、なんと、サーカスのトラ

でした。

「こいつこそ、ねこのおやだまさ。どんなねこだっておそろしがって、すっとんでにげるに決まってるわい」

トラは岩のような大きさで、たくましい火吹《ひふ》き男《おとこ》を引きずるように、くさりを引っぱっています。

「わがサーカスじまんの火吹《ひふ》き男《おとこ》と、トラのダイファが、はこねこを、おいだしてごらんにいれます」

トラのあとからかけつけてきた団長《だんちょう》は、そういいながら、アコーディオンをひきます。さきほど水びたしになったため、ふしゅー、しゃびー、と、なさけない音がしました。

トラは、さくり、さくり、と、とけのこった雪に、足あとをのこしながら、ネムイの木のまわりをまわりました。そのあとを、引きずられるように火吹《ひふ》き男《おとこ》がついてまわります。

「さあ、はこねこ野郎《やろう》め、にげるならいまのうちだぜ」

ごう、とトラが吠《ほ》えました。ひとびとも、はこも、びりびりとふるえました。

それでも、はこねこは、出てはきません。

トラは、いまにも飛《と》びかかりそうなおそろしげなようすで、しばらく、はこのまわりをめぐっていましたが、そのうち、ぶるっ、と身をふるわせました。

「わあ」

トラは、とつぜん、もときたほうへかけだします。火吹《ひふ》き男《おとこ》は、くさりごと引きずられ、団長《だんちょう》も、おおあわてで、そのあとをおいかけていきました。

たしかに、ねこのおやだまです。さむい雪のなかは、にがてだったのでした。


午後の光が、かたむいてきました。われこそはと、すすみでるひとがいなくなったころです。ようやく公園にたどり着いたというように、ひとりのおばあさんが、ひと垣《がき》から出てきました。ずいぶんつかれているようすで、年季《ねんき》のはいったケープは、日に焼《や》けたところと、土ぼこりのしみついたところで、まだらになっています。

みなは、しんぱいして、ききました。

「おばあさん、どこからきたの。知恵《ちえ》じまん、うでじまん、お金もちたちが、みんなだめだったのさ。むりをしてはじをかくんじゃないよ」

おばあさんは、毛糸の帽子《ぼうし》をぬいで、おじぎをしますと、ぽつぽつと語りだしました。

「わたしは、せなか町の、東の森をぬけて、さらに島の東のおびれ沢《ざわ》をこえたところの、小さな村からまいりました。昨年《さくねん》おそろしい土砂《どしゃ》くずれがあって、いまはもうなくなってしまった村です」

ニーダは、びっくりして、デイジーと顔を見合わせました。おんなじせなか島のどこかで、そんなかなしいことがあったなんて、まったく知らなかったからです。

「家族も親せきも、ちりぢりになって、暮《く》らしております。そんなとき、はこねこということ、はこから出てこないねこがいると、うわさを聞いて、やってきたのです」

「ばあさんは、はこから出せるっていうのかい」

見物人のだれかが、そうききました。

「わかりゃしません。ですが、どうしてもはこから出てこないというのは、外によっぽどこわいことや、かなしいことがあったのかもしれないのです」

なるほど、と、ニーダは、おもいました。せまいとこがすきだからって、こんなにすがたを見せないのは、おかしいもの。もうけっして表に出たくない、おばあさんの村で、それほどの、おそろしいおもいをしたのかもしれないな。

「それで、どうするつもりだい」

また、見物人から、声がしました。

「村が災害《さいがい》にあったとき、うちのねこのいっ匹《ぴき》が行方《ゆくえ》しれずになりました」

おばあさんは、そういうと、木のつるで編《あ》んだかごを開き、年よりの白ねこを、そっとだきあげました。ねこは、みー、にー、とよわよわしく鳴きました。

「はこのなかにいるのは、いなくなった、このねこの子どもではないかとおもうのです」

あの白ねこが、はこねこのおかあさんか。ニーダは、おどろきました。ああ、そうだったらいいのに。いままでの、どのひとのときよりも、こんどはうまくいってほしい、とニーダは強くおもい、デイジーを見ました。ねこに少々うらみがあるデイジーも、いのるような目で、おばあさんと白ねこを見つめていました。

地面におろされた年よりねこは、おばあさんを見あげて、かぼそく鳴くと、ネムイの木に向かって、ゆっくり歩きだしました。羽のような体重で、雪のうえを、かさかさとふんでいきます。はこに近づくと、においをかぎ、顔をこすりつけました。はこにからだをすりつけながら、まわりを何周《なんしゅう》もまわっています。見物人は、かたずをのんで、見まもっていました。みー、にーと、ないても、つめを、かりかりと、立てても、やっぱり、はこは、はこのまま、なにごとも起こりませんでした。

「さあ、はこねこまつりも、閉幕《へいまく》の時間となりました」

町長が、長くなった木のかげのなかで、おおきな声をはりあげました。はこねこは、けっきょく出てきませんでしたが、町はおおいににぎわいました。

「だれも成功《せいこう》することはできませんでしたが、勇気《ゆうき》ある参加者《さんかしゃ》のみなさんのおかげで、せなか町、いや、せなか島のすべてが、こころをかよわせるきちょうないち日であったとおもいます。いやあ、しかし、くやしい。近いうちに、第二回も、考えなくてはなりませんなあ」

町長は、にんまりしています。屋台や出店からも参加料《さんかりょう》をとっていましたから、町はかなりうるおったのでした。

明くる日は、とても霧《きり》の濃《こ》い朝でした。とくに川から立ちのぼる霧《きり》は、目のまえで開いた手も見えないくらいで、らんかんのない木の橋などあぶなくてわたれません。

プラッケは、牛乳《ぎゅうにゅう》はいたつにいつもよりてまどってしまい、いそいで学校に向かっていました。

通学路のとちゅう、上級生や同級生たちが、なにやら道ばたにたまって、さわいでいました。そのなかにいたのは、先にいったはずのマイナでした。

「どうした」

プラッケは、そのひとりに、ききました。

「やあ、プラッケ。おまえのいもうとはとんでもないこといってるぜ。はこねこなんて、ほんとうはいないんだって」

こどもたちの輪《わ》のなか、つきとばされて、しゃがみこんだマイナが泣《な》いていました。

「うそじゃないもの。だっておにいちゃんが、そういったもん」

「どうなんだよ、プラッケ」

「そんなこといったのかよ」

「ほんとうなら、町じゅうえらいさわぎだ」

はやしたてるように、声があがります。

「そんなこと知るもんか。きっとマイナが、聞きまちがえたのさ」

プラッケは、せなかをむけ、歩きだしました。「いつまでもそんなくだらない話してたら、遅刻《ちこく》するぜ」


プラッケは、学校が終わってからも、二日に一回は、牛乳《ぎゆうにゆう》びんを洗《あら》う仕事を手つだいます。まだ水はつめたく、きびしいですが、マッソさんははたらいたぶん給料《きゆうりよう》をのせてくれるので、プラッケのうちとしては、助かるのでした。

その日洗《あら》いおわったびんをさかさにならべ終え、晩《ばん》ご飯《はん》に間にあうように、牛乳屋《ぎゆうにゆうや》を出ました。

家に帰ると、台所のテーブルには、野菜《やさい》やパンが買物かごに入ったままでおいてあります。晩《ばん》のしたくはまだのようでした。

「ただいま」

奥《おく》の子ども部屋から、洗面器《せんめんき》をもった、お

かあさんが出てきました。

「マイナが、ひどい熱《ねつ》なの。いま着替《きが》えさせて、ようやくねたところ」

プラッケが、部屋をくぎっているカーテンを引いて、奥《おく》の子ども部屋をのぞくと、ベッドにうもれるように、いもうとがねむっています。ひたいにのせたぬれタオルと、引きあげたふとんのわずかなすきまから、つむったまぶたが見えました。

「バカだな。おまえはほんとに、バカだ」

プラッケは、つぶやきました。

マイナは、かすかに首を動かすと、息つぎをするように、赤いお花のもようのふとんから口もとを出しました。そして、目をつむったまま、まっかなほっぺで、すこしえがおをつくるように、

「おにいちゃん。ごめんね」

と、いいました。

プラッケは、子ども部屋を出ました。プラッケ、ごはんは、というおかあさんの声をせなかに、夜のなかに、あてもなくとびだしました。

朝のような霧《きり》はもうなく、寒々とした空に、月や星がきれいに出ていました。あか

りのともったたくさんの窓《まど》のしたをとおり、曲がりくねった路地をぬけます。せびれ通りを左におれると、店じまいをした商店街《しょうてんがい》のまえを、どんどん歩いていきました。屋根や、軒下《のきした》に、まだ少しよごれた雪がとけのこっていて、月明かりに青く光っています。その、鼻やのどをひりつかせるようなつめたい光は、まるで、街灯《がいとう》のように道ぞいにともって、プラッケをみちびいていていました。

いたらいいのにって、おもっただけさ。プラッケは、むねのなかで、そういいます。はこのなかに、かわいいねこがいたらなって。

そしたら、かあさんも、マイナも、どんなによろこぶだろうっておもっただけ。

それは、そんなにいけないことだろうか。

小川ぞいに歩き、公園のなかをぐるぐるまわりました。そうして、いつか、プラッケは、ネムイの木のまえに立っていました。

はこねこ　はこねこ　出てくるな
出たら　ただの　のらねこさ
ずっと　はこねこで　いたらいい

おもては　くるしいことばかり

プラッケは、そう、うたうようにつぶやきました。

そのとき、ネムイの木のしたで、はこは、かすかに動いたように見えました。それどころか、光りだしたように見えます。

プラッケは、汗《あせ》ばんだせなかにあたる夜風が、ひどくつめたいことに気づきました。はこは、たしかに光っています。月の光とも、街灯《がいとう》の光ともちがう、いきもののようにじわじわと広がる明るさでした。こおりかけた雪のうえの、氷のかけらが、火《ひ》の粉《こ》になったように、ゆらめいて、かがやきます。

ひきこまれるように見ていたプラッケは、あっ、と、声をあげました。はこのうえのふたが、ひとりでに、はたりと開いたのです。おもわず目をこらした、そのなかには、さらにふたがありました。そのふたが開くと、さらに、なかにふたがあります。うえだけではなく、よこからも、したからも、ふたは何重にも開き、開いたふたは、ぱたぱたといろんな角度にのびて、ふくざつにかさなっていきました。息をつめて見いっているプラッケのまえで、ちいさなはこは、何倍もの大きさになり、花びらのかさなった白いつばきの花のようになりました。

そして、はこの動きがやむと、その花の中心から、どんないきものにもにていない、金色にかがやくせの高いねこが、クモのように長細い手足をのばしながら、ゆっくり、あらわれたのでした。

「はこねこ」

プラッケが、つぶやきました。

「プラッケ」

そのねこが、呼《よ》んだ気がしました。

「プラッケよ。はこから出てこいとよびかけるものは、いつだってたくさんいる。だが、わたしは、はこからこの世に出てくるな、というものを、待っていたのだよ」

はこねこは、たしかに、そのように語りかけました。

「そうして、じっと待っていたのだ。わたしのかわりに、このはこに入ろうとするだれかを」

さまざまな方向にくねるように動く手足で、じぶんの顔を洗《あら》うようにしながら、はこねこはいいました。そのふしぎなひびきの声に、プラッケのむねはざわざわしました。

ああ、はこねこ。プラッケは、おもいました。そうなんだ、きっとじぶんのようなこころをもった子どもは、いろんな場所にいて、その子たちが、つぎのはこねこになるんだ。そう気がつくと、とても安らかな気もちになりました。花のかたちに広がったはこにすいよせられるように、プラッケは、かた雪を、さくりとふんで、歩きはじめました。

「おにいちゃん」

プラッケは、はっと、われにかえって、ふりかえりました。

熱《ねつ》があるはずのマイナが、見たことのないような、あおざめた顔で、立っていました。ねまきにタオルをはおったままのかっこうで、おさげの黒髪《くろかみ》が、霜《しも》が降《お》りたように光っていました。

プラッケはとっさにかけだし、ふらつくマイナをささえました。

「だめじゃないか。どうして」

マイナは、にっこり笑《わら》いました。

「やっぱり、ねこなんていなかったんだね。おにいちゃんのいったことは、うそじゃなかったんだね」

ふりかえると、ネムイの木のしたには、くしゃくしゃにつぶれた、からっぽのはこだけが、月明かりにうかびあがっていました。

せなか町から、ずっと

わしは老《お》いて、ただよっていた。

泳ぐことをわすれた、ひふや、にくは、岩のようにかたくなって、魚というよりも、もうほんとうの島のようだった。せぼねは、山のみねのようで、ひれは、岬《みさき》のようだった。うっそうとしげった森に鳥は巣《す》をかけ、砂浜《すなはま》に小魚があつまり、せなかには、町ができた。

いつだって、くしゃみひとつ、みぶるいひとつで、それを、なぎはらうことができたんじゃがな。海にもぐってしまえば、きれいさっぱり洗《あら》い流《なが》すことだってできた。

だが、わしは、そうしなかった。

けっしてわしからは見えない、せなかから聞こえてくる、ささやかな、ささやき。それが、子守唄《こもりうた》のように、ながいねむりに、わしを引っぱりこむ。

うとうとねむっては、すこし流されていたりする。目がさめると、ゆるゆると泳ぎ、もといた、暑すぎも、寒すぎもしない、海にもどった。

せなかの声は、みぎわではじけるあわの音にも、岩のすきまをすりぬける風の音にもにているが、わしに聞きわけられるくらい、ちがってもいる。わしのせなかで、たくさんのいきものが、うまれたりしんだりしていく。日がのぼって、落ちて、星がさわぐ。年月がたてば、その星が消えてしまうこともある。

いち日は、なんとも長いのに、百年は、あっという間にすぎるもんじゃよ。

その何百年のなかの、いつかのいち日のことだった。

わしのせなかのどこかで、ひどい嵐《あらし》があった。

その嵐《あらし》でだめになってしまった、たったいち枚《まい》のカーテンのために、ばあさんが泣《な》いておった。

わしには、その声が聞こえた。

また、何百年のなかの、べつのいち日には、じぶんの名まえをさがして、走りまわる子がおった。

ねこから名まえを取りかえしたときは、わしも笑《わら》いそうになったもんじゃ。

また、べつのいち日には、火事があって、財産《ざいさん》も、家も、ぜんぶをなくした男がおった。

その男の元気なかけ声が、またひびいたときは、ほっとしたな。

この冬は、せなかの島のものたちにとって、いつもより長かったかもしれない。せなかの町にはひどく雪も降《ふ》ったようじゃった。

なんのことはない、どうやら海流におされて、知らぬ間に北の海にただよっていたんじゃ。年をとると、そんな感覚《かんかく》もにぶくなる。台風のきている南の海に流されていたこともあったな。そんなとき、わしは、すこしずつ、せなかをゆらさぬよう、ひれをかたむけ、もといた海へともどっていった。

そうして、ようやく春がきた。

陽だまりのなかに、つめたい風が吹《ふ》きこむように、雲ひとつない青空から、その鳥はやってきた。

「こんにちは」

鳥は、いった。

「ねえ。島かとおもったら、魚なのね」

わしの目はほとんど盲《めし》いているから、はじめは雲の切れはしがおりてきて、口をきいたのかとおもった。そのくらいまっ白な鳥だった。ほぼ海岸といっしょになっちまったわしの顔を、よくも見わけたもんだ。

「わたし、すごく高く飛《と》べるの。ふつうの高さを飛《と》んでたんじゃわからないとおもうわ。でも、雲の近くまであがったら、あなたがおっきなヒラメだってわかったの」

「ヒラメじゃない」

わしは、いった。しゃべるのは、何百年ぶりだろう。その鳥に通じるか、自信《じしん》がなかった。ただの海鳴りに聞こえるかもしれぬ。「マンタという、えい、だ」

「そうなの。ごめんなさい」

「年老《としお》いて、いまが、こんにちは、か、こんばんは、かも、わからんくらいじゃがな」

わしは、いった。

「こんにちは、よ」

その白い鳥は、飛《と》びさったかとおもうと、おどるようにつばさをひらめかせて、またた目のまえにもどってきた。わしの知っている鳥では、コウノトリににているかもしれない。しかし、コウノトリなら羽の先が黒い。この鳥は、いつか見たあの鳥のように、かげひとつなく、白い。あれは、夜空にかがやいていた。きょうは、青空にうかんでいる。だから、おんなじ鳥かはわからんが、あの鳥の、むすめの、むすめの、何代目かのむすめでもおかしくない、とおもった。

「せなかに町があるのね。すてきな町よ。とても」

「にんげんたちが、かってに住んで、かってにできただけじゃよ。わしが、くしゃみをしただけで、海に投げだされてしまうさ」

「あら」

「えさをとりに、ほんのすこしもぐっただけで、のこらず、おぼれてしまうだろうな。うっかりわすれないようにするのもたいへんじゃよ」

「ふふ」

「ほんとうだぞ。いますぐやってみせたっていい」

わしは、いった。

白い鳥は、返事をするかわりに、のぼる気流にあおられるように、わしの目のまえから、さっていった。

わしは、うすく開いたまぶたを、ふたたび閉《と》じた。

海の王だったわしに、ただひとつ自由にならなかったのは、鳥たちだった。鳥をほしがって、天まで飛《と》びあがった、あの焼《や》けるような気もちが、おもいだされた。手に入れられないなら、いっそ食らってやろう、とさえおもったな。何百年もまえのことじゃ。

いまならできる。わしは、おもった。

身をひるがえし、海面をひれでたたきつけ、青空に飛《と》びあがったら、きっと、まだわしのちかくを舞《ま》っている鳥を、つかまえられる。そして、そんな力を出せるのは、これでさいごだろう。

わしは、まぶたを、おおきく開いた。おおっていたねばりけのある泥《どろ》が、海のなかに落ちた。

ひれを、ゆっくり、広げた。フジツボや、サンゴが、ばらばらとはがれる。せぼねに、力をためた。ごつごつした山のみねから、土砂《どしゃ》がくずれだすのがわかった。

鳥のすがたをさがした、わしの頭のなかに、そのとき、いくつかの声が聞こえてきた。

飼《か》いいぬがいなくなった、女の子のすすり泣《な》き。はちみつをたべそこねた、クマのうなり。おまつりにはしゃぐ子どもたち。おおぜいで演奏《えんそう》した、きらめくような音楽。そんな声や音がどこかで、やわらかくこだましていた。どうやら、島になったわしのどこかに、がちがちの石くれになっていない場所が、まだあるようじゃった。

弱い光しかかんじない、わしの目に、さっとかげがさした。

鳥が、帰ってきたのだった。

「ぐるっと見てきたわ。ほんとうにこの島ぜんぶ、あなたなのね。おどろいちゃった。いっ匹《ぴき》のカレイのうえに、こんな町があるなんて」

「えいだというのに」

わしは、いった。

「たくさんのひとがいて、たくさんのどうぶつがいて、たくさんの建物《たてもの》もあった。わたしよりちいさい鳥も、軒先《のきさき》や森に巣《す》をかけてた。それがみんなたのしそうなの」

鳥は、いった。

「わたしも、ここで暮《く》らそうかしら。もしおじゃまじゃなければ」

鳥は、ゆるりと輪《わ》をえがいて、わしのまぶたのまわりを飛《と》びながら、いった。

「いまさら、鳥がいち羽ふえようが、かまいはせんが」

わしは、いった。「鳥というものは、かって気ままに飛《と》びまわるほうがすきなのだろう」

「そんなことないわ。それはそれで、たいへんなのよ」

鳥は、そういって、わしの目の近くをおおった岩場のてっぺんにとまった。

「ねえ。なにかお話を聞かせて。せなかの町に、いままでどんなことがあったか」

鳥は、星をめぐる風のような声でいった。

「まあ話してやらんでもないが」

わしは、なぜだかゆるんでしまいそうな声を、こらえながら、いった。

「かくごしておくことじゃ。なにしろ、何年ぶんも、何百年ぶんも、あるんじゃからな。わしの、このだだっぴろい、せなかいっぱいの話が」

斉藤倫（さいとうりん）

1969年生まれ。詩人。2004年『手をふる 手をふる』（あざみ書房）でデビュー。『どろぼうのどろぼん』（福音館書店）で、日本児童文学者協会新人賞、小学館児童出版文化賞を受賞。おもな作品に『ぼくがゆびをぱちんとならして、きみがおとなになるまえの詩集』（福音館書店）、『レディオワン』（光村図書）、絵本に『とうだい』（絵 小池アミイゴ／福音館書店）、『はるとあき』（共作 うきまる・絵 吉田尚令／小学館）、『まちがいまちにようこそ』（共作 うきまる・絵 及川賢治／小峰書店）などがある。

junaida（じゅないだ）

1978年生まれ。画家。2010年、京都・荒神口にHedgehog Books and Galleryを立ち上げる。『HOME』（サンリード）で、ボローニャ国際絵本原画展2015入選。三越、髙島屋クリスマス催事、ほぼ日手帳2017への作品提供や、西武グループによるSEIBU PRINCE CLUBのメインビジュアルを担当。おもな作品に、『THE ENDLESS WITH THE BEGINNINGLESS』『LAPIS・MOTION IN THE SILENCE』（ともにHedgehog Books）、『Michi』『の』『怪物園』（いずれも福音館書店）、装画の仕事に『逆ソクラテス』（伊坂幸太郎／集英社）などがある。

せなか町から、ずっと

二〇一六年六月二〇日　初版発行
二〇二三年五月一日　第四刷

著者　斉藤倫
画家　junaida
装幀　大久保伸子

発行　株式会社福音館書店
〒一一三-八六八六　東京都文京区本駒込六-六-三
電話（営業）〇三-三九四二-一二二六
（編集）〇三-三九四二-二七八〇
https://www.fukuinkan.co.jp/

印刷・製本　図書印刷

乱丁・落丁本はごめんどうでも小社出版部までお送りください。
送料小社負担にてお取り替えいたします。
NDC913　200p　20×14cm
ISBN978-4-8340-8267-8
"Some Wonderous Stories from Senaka-machi"